© Matthias Daxer, 2018

Herstellung und Verlag:

BoD – Books on Demand, Norderstedt

ISBN 978-3-7392-3275-1

Zum Autor

Seinen Debütroman „Unter allem liegt die Angst" hat Matthias Daxer im Januar 2016 erstmals veröffentlicht. 2018 wurde sein Kurzkrimi "Das Wattmädchen" für den Publikumspreis des 3. NordMordAwards nominiert. Im Dezember 2018 erschien sein Gedicht "Welt ohne Sterne" in einer Anthologie des net-Verlags von Maria Weise.

Matthias Daxer auf Facebook:

https://www.facebook.com/mdschreibwerkstatt

Matthias Daxer

UNTER ALLEM LIEGT DIE ANGST

Für alle, die jemals Angst davor hatten, anders zu sein.

HEUTE.

Menschen strömen an mir vorbei, auf der Suche nach einem Sitzplatz. Zwei Uniformierte weisen sie zurück, ich sitze in der ersten Reihe, Weitersuchen ist zwecklos, es ist, wie es ist. Ihre Schuhe hinterlassen dunkle Abdrücke auf dem Teppichboden, bevor sie umkehren und wieder in der Traube aus Pressefritzen, Eltern und anderen Verwandten oder Freunden verschwinden. Würde ich mich umdrehen, könnte ich sicher über die Hälfte der Gesichter erkennen, die dort vor blitzenden Kameras Regenschirme ausschütteln oder Mäntel ablegen. Aber ich fixiere den breiten Mahagonitisch zu meiner Rechten.

Drei Männer blicken von dort aus in den Saal, eine junge Frau tippt neben ihnen in die Tastatur und wirft immer wieder prüfende Blicke auf die Namensschilder der zwei Schöffen und des Richters. Der Mann in der Mitte, vor dem ein Jesuskreuz aus dem Holz ragt, trägt die Richterrobe, die anderen zwei, beide sichtlich nervöser, sind im Anzug erschienen.

Der eiserne Blick des Richters schweift durch den Raum, zwischen die von Tränen benetzten Furchen der Krähenfüße, über die Oberfläche rauer, vor Kälte aufgeplatzter Lippen, zwischen junge und alte Hautporen, unter jeden Pickel und jeden einzelnen Altersfleck.

Hinter dem Richter prangt der Adler an der Wand, seine Klauen um Hammer und Sichel gekrallt. Der Kopf des Wappens ist zur Seite gedreht, und ich kann die Vorstellung nicht abschütteln, dass sich der Adlerkopf auf einmal drehen und auf uns hinabblicken, seine

Werkzeuge fallen lassen und sich auf die Menschen im Saal stürzen könnte. Als Kind hat es mich immer gestört, dass ich diesem Adler nicht in die Augen blicken kann. Aber jetzt, hier unter ihm, habe ich Angst. Angst davor, dass dieser Kopf sich drehen könnte. Ich kann nicht hinsehen. Ich will nicht. Nicht sehen, nicht hören, nichts riechen; nichts mitbekommen von den toten Pupillen, dem Stimmengewirr, das Sekunde um Sekunde lauter wird, dem kalten Zigarettenrauch, der stoßweise durch die Tür strömt. Aus den Augenwinkeln erkenne ich rechts von mir, auch auf der langen Bank, die den Mahagonitisch im rechten Winkel schneidet, einige der Jungen und Mädchen aus der 7D. Der Rest sitzt mir gegenüber, auf der anderen Bank, ein Spiegelbild, das zwar nicht dieselben Gesichter, aber doch dieselbe Beklommenheit zeigt.

Ich starre auf die zwei leeren Plätze dort. Niemand wagt sich dorthin. Tränen rinnen stumm von einigen Gesichtern, hier und da klammern sich Finger aneinander, und die Gewissheit, dass diese beiden Plätze für immer frei bleiben werden, sinkt Stück für Stück tiefer in das Bewusstsein ein. Es tut mir leid. Ich habe das nicht gewollt. Ich will nicht, dass diese zwei Plätze leer bleiben werden, ich will den Augenpaaren entgegenblicken, die dort sein sollten, aber ich sehe nur Schuld.

Das Funkgerät eines der Beamten stößt krächzende Töne aus, er nickt einem Kollegen zu und die beiden beginnen, die Handvoll Reporter und Journalisten aus dem Saal zu weisen. Hartnäckig drängen sich diese noch weiter vor und strecken ihnen Mikrofone über die abwinkenden Hände entgegen. Fragen überschwemmen ihre Münder. Haben Sie neue Informationen zum Tathergang? Gibt es schon einen Schuldigen? Wie lange werden die Verhandlungen dauern?

Das Blitzlichtgewitter ebbt ab, die Stimmen werden leiser. Nun kann man das Schluchzen nicht mehr ignorieren. Nicht nur aus den Reihen vor und neben mir, überall in dem viel zu kleinen Saal des Landesgerichts wird in Taschentücher geschnäuzt, über Hinterköpfe gestrichen, werden Hände um zitternde Schultern gelegt. Erst jetzt bemerke ich, dass ich mit den Fingern auf meinem Knie trommle.

Ich brauche eine Zigarette. Aber kein Zweck, nach außen zu gehen. Keine Chance auf einen ruhigen Zug. Drei der Journalisten drängen sich schon wieder vor dem Fenster aneinander und verdecken den Blick auf den wolkenverhangenen Winterhimmel, der Rest belagert sicher den Ausgang des Landesgerichts, über dem immer noch zwei tote Weihnachtssterne hängen. Und vielleicht, nur vielleicht, werden sie mir in die Augen sehen.

Suchende Objektive lugen ununterbrochen blitzend durch das Fenster in den Saal, in der Hoffnung, ein halbwegs scharfes Bild der vordersten Reihe zu erlangen. Einige brüllen sogar Fragen durch die Glasscheibe. Oh, sie würden sich um mich reißen. Ihre rechte Hand dafür geben, auch nur drei Sätze aus meinem Mund auf ihre

Notizblöcke kritzeln zu können. Beim Gedanken an die morgige Zeitungsausgabe wird mir schlecht.

„Schulskandal des Jahres!"

„Mordstheater!"

„Österreich ist erschüttert!"

Schlagzeilen, die die Hälfte des Titelblatts einnehmen werden. Himmelschreiende Auflagenzahlen. Und wieder die Frage nach der Schuld, die so lange durchgekaut werden wird, bis von den Seiten der Zeitungen nur noch ein grauer Klumpen aus Papier und Druckerschwärze übrigbleibt.

Ein dritter Beamter, keiner des Paars, das vorher die Presse aus dem Raum verwiesen hat, marschiert nun zum Fenster gegenüber von mir hin und zieht schnaubend die Samtvorhänge zu. Seine Finger wandern zum Regulator der Heizung darunter, drehen allerdings nicht daran. Es bleibt kalt. Er wendet der Wand den Rücken zu und lässt von dort aus seinen Blick über die Sitzreihen schweifen. Als er den meinen trifft, zwinge ich meinen Kopf wieder nach unten. Das letzte Mal, als ich in diese stahlgrauen, von Krähenfüßen umrahmten Augen geblickt habe, haben die Stoppeln des Schnurrbarts darunter noch belustigt gezuckt. Aber wenigstens ist keine Krücke mehr zu sehen, auch wenn er mit seinem linken Bein noch etwas humpelt. Ein schwacher Trost. Der Beamte nimmt wieder in den hinteren Sitzreihen Platz. Neben ihm sitzt eine in Grau gekleidete Dame. Ich habe sie noch nie gesehen.

Dr. Erbsheim, der Anwalt, den mir die Stadt zur Verfügung gestellt hat, sortiert nun zum fünften Mal seine Unterlagen. Ich erkenne Bilder von zwei, drei Schülerinnen und transkribierte Gespräche, in denen mit Leuchtstift einige Passagen markiert worden sind, dazu Verweise auf verschiedene Paragraphen. Erbsheim nimmt den Stapel in beide Hände, klopft die Unterseite sachte gegen die Tischplatte und legt ihn parallel zu den Tischkanten vor sich hin. Mit einem Seufzer nimmt er seine vergoldete Brille ab und wischt sich die schmutzigblonden Haare aus der Stirn.

„Glauben Sie mir, ich tue, was ich kann", sagt er, ohne mich anzusehen. „Aber Sie müssen mitarbeiten. Bitte, seien Sie ehrlich, halten Sie sich an das, was wir besprochen haben, und wir haben das hier in zwei, drei Stunden erledigt."

Er blickt auf die Zeiger seiner Armbanduhr.

„Es geht gleich los. Sind Sie bereit, Professor?"

Ich erkenne das Bild auf dem ersten Blatt seines Stapels. Ein Foto von der Ostseite des Haider-Gymnasiums.

„Ich bin kein Professor", murmle ich.

Der Richterhammer bringt den Saal zum Schweigen.

Teil I

Drei Monate vorher.

Faris, Devin und Selin.

1: Faris

"Ich bin kein Professor", sagte Herr Schneider lächelnd zu Martin. „Aber deine Frage kann ich beantworten. Für dieses Semester habe ich mir etwas Besonderes überlegt."

Er hielt einen Moment lang inne, so wie er es immer tat, wenn er Spannung erzeugen wollte. Seine Adleraugen fixierten uns.

„Aus aktuellem Anlass wird es die nächsten drei Monate bei mir in Deutsch keine Prüfungen und Hausübungen geben. Zumindest keine, die ich in dieser Zeit benoten werde."

Vereinzelter Jubel brach in der Klasse aus. Ich traute meinen Ohren nicht. Wenn ein über fünfzig Jahre alter Lehrer so eine Meldung brachte, musste es einen Haken geben. Er ließ auch nicht lange auf sich warten. Schneider hob die Hände, um uns zu beruhigen.

"Leute, Leute. So ganz ohne Weiteres geht das natürlich nicht. Dieser aktuelle Anlass ist weniger erfreulich. Wie ihr sicher alle schon in der Zeitung gelesen habt..."

Gekicher und übereifriges Kopfnicken ging durch die Klasse. Martin stand sogar auf und rief: „Natürlich, wir tun ja was für unsere Allgemeinbildung, Herr Professor!"

Ausgerechnet Martin, das Deutschgenie – gerade er war vermutlich einer der wenigen, die beinahe täglich durch die Zeitung blätterten.

Ich spürte die ersten herbstlichen Sonnenstrahlen auf meiner Haut und verkniff mir einen Blick auf mein Skateboard, welches unter der Schulbank zwischen meinen Füßen lagerte. Noch eine Stunde durchhalten, dann ab zum Sportplatz. Bisschen die Sonne ausnützen. Sofern Erwin und Patrick nicht auf dieselbe Idee kommen sollten. Nervös sah ich nach rechts. Erwin ritzte etwas in die Schulbank, Patrick war in der letzten Reihe tief in seinen Stuhl gesunken und tippte auf seinem Handy herum. Dunkle Haarsträhnen hingen tief über seinem blassen Gesicht. Er sah aber rasch auf, als es still wurde. Schutzinstinkt.

Schneider schenkte Martin einen gutmütigen Blick, wurde aber sofort wieder ernst.

"Es gibt noch keine weiteren Hinweise darauf, wer das Flüchtlingsheim am Stadtrand überfallen und angezündet hat. Allerdings wird vermutet, dass es sich um eine Gruppe Jugendlicher aus der Umgebung handelt, die regelmäßig Umgang mit einer rechten Studentenverbindung pflegten."

Jegliche Heiterkeit verflog augenblicklich. Martin sah aus, als würde er am liebsten im Boden versinken. Solche Dinge erfährt man auch, ohne die Zeitung gelesen zu haben. Facebook war tagelang voll gewesen von geteilten Online-Artikeln und Kommentaren zum „Flüchtlingsfeuer", wie es in den Medien genannt wurde, und die ersten Tage danach wurde fast stündlich im Radio darüber berichtet.

Flüchtlingsfeuer. Ich weiß auch nicht, wie sich so ein bescheuerter Name durchsetzen konnte. Ich dachte dabei nicht an das Feuer. Ich dachte an die zwei verbrannten Körper auf der Titelseite, einer groß, der andere etwas kleiner, beide sich in gegenseitiger Verzweiflung umklammernd, eingepfercht in einem Zimmer ohne Fenster, zwischen rußgeschwärzten Stühlen und einem umgeworfenen Tisch, dessen Beine teilnahmslos auf die zwei herabsahen, und an die Übelkeit beim Gedanken daran, dass den beiden vielleicht nie ein Name gegeben werden konnte. Und natürlich die Facebook-Kommentare. Von Spendenaufrufen über halbherziges Bedauern bis hin zu „Geschieht ihnen recht, den Schweinen!" war alles dabei. Alles unter Geburtsnamen, weil man es in Österreich ohnehin schon gewohnt ist, die Ausländer-Karte zu spielen. Ein bisschen Empörung da, ein Happen Befürwortung dort, und die Sache ist vergessen. Los, gehen wir einen Döner essen und reden darüber, was für tolle, schneidige, echt österreichische Burschen wir sind.

Ganz ehrlich, ich verstehe nicht, warum so ein Tamtam darum gemacht wird. Aber bitte nicht das. Bitte kein Schulprojekt dazu. Ich konnte die kollidierenden Augenbrauen meines Vaters schon vor mir sehen.

"Wir haben im Kollegium beschlossen, mit den Klassen ein Statement gegen diese Art von Gedankengut zu setzen. Aber keine Angst, wir wollen hier nicht die Moralapostel spielen - davon gibt es weiß Gott schon genug. Unser Ziel wird es sein, zwei extreme Positionen darzustellen und zu erklären. Mit etwas Glück verstehen wir sie vielleicht nachher etwas besser."

"Aber-!"

"Aufzeigen, Patrick."

Patricks Hand machte einen kurzen Schlenker nach oben, und Schneider nickte.

"Sie sagen immer ‚wir'. Aber wir" – er zog demonstrativ einen Luftkreis durch das Klassenzimmer – „wir wissen ja noch gar nicht, ob wir da mitmachen wollen."

Sollte ich tatsächlich mal einer Meinung mit Patrick sein? Vermutlich aus unterschiedlichen Gründen, aber Hut ab. Allzu oft gab es das nicht. Schneider lehnte sich zurück und stütze sich mit den Händen am Pult ab.

„Natürlich. Zu den Vorteilen des Projekts komme ich gleich. Auch wenn ich eine rein ethische Motivation befürworten würde, ergeben sich für euch mehrere Möglichkeiten, die man nicht außer Acht lassen sollte. Meine Idee wäre, zu Weihnachten ein von Schülerinnen und Schülern – um genau zu sein, von euch – organisiertes Theaterstück zu dem eben besprochenen Thema aufzuführen, sofern ihr mit diesem Angebot einverstanden seid."

Blicke wurden ausgetauscht, Schultern gezuckt und Sätze gezischt. Bitte nicht. Es sah so aus, als wäre ich nicht der Einzige, der auf drei Monate normalen Deutschunterricht hoffte. Doch warum sagte niemand etwas? Ich sah Erwin nach hinten zu Patrick grinsen. Der verdrehte die Augen und widmete sich wieder seinem Handy.

„Heißt das, wir müssen für Deutsch gar nichts mehr machen?", fragte jemand.

„Mitarbeit und arbeitsintensive Aufgaben werden notwendigerweise Teil der Planung und Durchführung sein", sagte Schneider. „Deshalb würde ich euch die Deutschstunden bis Dezember dafür zur Verfügung stellen. Ja? Wegen der Matura?"

Zwei, drei Hände wurden, begleitet von eifrigem Kopfnicken, wieder gesenkt.

„Für diejenigen unter euch, die sich intensiver auf die Matura nächstes Jahr vorbereiten wollen, biete ich in dieser Zeit auch einen externen Nachhilfekurs jeden Mittwoch von 15:00-18:00 an. Anmeldungen bitte einfach per Mail. Und wo wir schon bei der Matura sind, noch eine Möglichkeit, wie ihr von diesem Projekt profitieren könnt: Ihr könntet eure Abschlussarbeit natürlich auf den Erkenntnissen des Theaterstücks aufbauen und so eine Menge Recherchearbeit im Vorhinein erledigen."

Eine letzte Hand schnellte noch nach oben.

„Und von den Einnahmen der Aufführungen könnten wir dann unsere Maturareise finanzieren, oder?"

Nach kurzem Zögern nickte Schneider. Das war's. Er hatte uns in der Tasche. Stumm verfolgte ich, wie er Drehbücher in der Klasse verteilte und jedem dabei dankbar zunickte. Kaum, dass er das letzte Exemplar ausgeteilt hatte, hallte die Schulglocke durch das Haider-Gymnasium. Wie auf Kommando wurden Stifte, Zettel und Bücher achtlos in die Schultasche gestopft. Herr Schneider hob seine Stimme, um den Lärm zu übertönen.

„Lest euch mal ein und überlegt bis zur nächsten Stunde, wie euer Part bei dem Theaterstück aussehen soll. Kostüme basteln, schauspielern, Technik steuern… ihr als regelmäßige Theaterbesucher kennt das Procedere ja schon. Noch einen schönen Tag."

Ich stürmte als Erster aus dem Klassenzimmer. Mein Rucksack baumelte von der Schulter, unter die ich mein Skateboard geklemmt hatte.

Unter mir flimmerte der Boden. Straßenlaternen und Mülleimer rauschten vorbei und Wind strömte über mein Gesicht. *OMP* dröhnte aus meinen Kopfhörern. Die Sonne war nun fast auf Augenhöhe, während hinter mir bereits die ersten Konturen der Mondsichel erkennbar waren. Auf der rechten Straßenseite lag der Sportplatz. Beim Abbremsen sah ich die Halfpipe hinter dem Zaun vorbeiziehen und langsam zum Stillstand kommen. Ich winkte Frau Dörfer zu, der noch zwei Stunden Schalterdienst bevorstanden.

„Faris! Viel Spaß!"

„Danke, Frau Dörfer. Ihnen auch."

„Hab' ich doch immer", grinste sie und verkroch sich wieder hinter ihrem Vampirroman. Ich lächelte nur. Viel war heute nicht los, war ja immerhin schon nach fünf. Eigentlich war es super, die ganze Strecke für sich zu haben, aber die immer wiederkehrenden Gedanken an das Theaterstück dämpften meine Vorfreude. Auf dem Brett ging es noch, aber während der wenigen Schritte vom Schalter bis zur Halfpipe krochen sie wieder hervor. Was würde Papa sagen? Am liebsten würde ich ihn gar nicht einladen, aber spätestens nach dem nächsten Elternabend bekommt er es bestimmt mit, und ich bezweifle, dass ich mir bis dahin eine meisterhafte Erklärung aus den Fingern saugen kann. Die Wahrheit ist, ich habe Angst. Ich hasse diesen ewigen Streit darüber, wer jetzt zum „Wir" dazugehört, und wer nun genau „die Anderen" sind, warum man die einen so, die anderen so behandeln muss.

Ich weiß noch, wie Mama von ihrem ersten Elternabend nach Hause kam. Ich war erst sieben, aber ich konnte mich heute noch gut daran erinnern, wie sie vor dem Herd die Pfanne schwenkte und ohne Ende Schimpfwörter ausstieß. Meine Mama ist eine sehr stolze Frau. Was damals im Detail passiert ist, weiß ich nicht – aber es macht anscheinend einen Unterschied, ob man in einem österreichischen oder einem saudi-arabischen Krankenhaus geboren wird. Papa meint, dieser Unterschied sei gut, ich solle stolz darauf sein, anders zu sein. Aber kann ein österreichisches Kind nicht anders sein? Sind die alle gleich?

Ja, wenn es nach diesem Theaterstück geht. Ich kann schon die Fragen hören, mit denen sie mich durchlöchern werden. Devin und Selin sind zwar auch „anders", aber Selin findet jeder hübsch und vor Devin hat jeder Schiss, weil der ja merken könnte, dass jeder seine Zwillingsschwester hübsch findet. Deshalb bleibe nur ich, um Fragen zu aufgezwungenen interkulturellen Schulprojekten zu beantworten, die ja auf keinen Fall zu interessiert klingen dürfen. Und wenn diese Projekte nicht wären, würde niemand diese Fragen stellen, sie wären vollkommen zufrieden damit, Selin hübsch und Devin furchteinflößend zu finden. Es fühlte sich alles so falsch an. So aufgesetzt.

Ich schüttelte den Kopf und drehte die Musik lauter. Unter mir krümmte sich der Asphalt, als ich mich in die Tiefe stürzte, weg von diesen Gedanken. Der Wind pfiff an mir vorbei, ich steuerte auf die andere Seite zu, bemerkte, wie der Boden unter mir verschwand und die Sonne sich an der Unterseite meines Boards brach, als ich mich bückte und mit der Hand danach griff. Für einen Moment schwebte ich zwischen Himmel und Erde. Und dort fühlte ich mich wohl. Im Feuer der Zerstreuung, zwischen den Sekunden, in denen die Grenzen der Welt an Bedeutung verlieren.

Die ersten Sterne funkelten schon, als ich auf den Ausgang des Sportplatzes zusteuerte. Frau Dörfer musste schon vor einer Stunde gegangen sein, aber sie hatte mir einmal verraten, wo sie die Schlüssel aufbewahrte und wo ich sie wieder ablegen sollte, falls ich länger am Platz bleiben wollte. Die grün lackierte Drehtür kam hinter mir zum Stillstand und ich versteckte den Schlüssel unter dem Untersetzer der Kunstpalme, die den Ausgang verzierte. Ich hatte schon einen Fuß auf das Brett gesetzt, als ich vom Parkplatz eine Stimme hörte.

„Faris! Meine Lieblingskaffeehaut!"

Mein Herz setzte einen Moment aus. Ich erkannte die Stimme sofort. Im Rand des Lichtkegels einer Straßenlaterne konnte ich zwei Silhouetten ausmachen, zwischen denen orange Punkte glühten und Zigarettenrauch in die Luft stieg. Patrick trat in den Schein der Laterne und winkte mir zu. Etwas, eine leere Bierdose, klapperte hinter ihm in der Dunkelheit.

„Du willst doch nicht schon gehen, oder? Wir haben gerade über Schneiders wunderbares neues Klassenprojekt gesprochen."

Er wedelte mit seinem schon zerknitterten Drehbuch.

„Den Titel können wir uns aussuchen, hat er gesagt. Ich schwanke noch zwischen 'Die Lästigen' und 'Faris, die Falafelfresse'."

Erwin wieherte los. Meine Faust zitterte.

„Es ist nicht meine Schuld, dass du ein Scheißrassist bist", murmelte ich.

„Was hast du gesagt?"

„Dass du ein Scheißrassist bist!"

Patrick warf die Zigarette über die Straße. Funken stoben in alle Richtungen.

„Mag sein. Aber du bist halt ein Scheißausländer."

Die beiden gingen auf mich zu. Mein Fuß, der immer noch auf dem Brett stand, zuckte. Einfach losfahren, dachte ich mir. Lass dich nicht provozieren. Erwin ist einen Kopf größer als du, und zweimal so breit. Das kann nur schiefgehen. Der Klügere gibt nach. Sie werden dir deinen verdammten Kiefer ausrenken. Nützte alles nichts. Erwin und Patricks Allianz gegen mich hatte schon kurz vor Beginn des Sommers begonnen. Es wurde langsam Zeit, sie zu beenden.

Ich setzte meinen Fuß zurück auf den Asphalt und ballte die Hände zu Fäusten.

II: Selin

Mein Handy vibrierte. 19:30. Wie immer. Ich lächelte, und legte das Drehbuch auf mein Nachtkästchen. Waren wirklich schon zwei Stunden vergangen, seit ich meine Zimmertür geschlossen und mich mit dem Papierbündel ins Bett verkrochen habe? Martins WhatsApp-Nachricht war der Beweis. Er schrieb nie vor 19:30. Ich setzte mich auf und wollte gerade nach dem Handy greifen, als es an der Tür klopfte.

„Selin! Abendessen, jetzt!"

„Komme gleich!", rief ich durch die Tür. Ich hörte, wie Anne die Treppe zur Küche hinabstieg und ihre Schritte immer leiser wurden. Martins Nachricht. Ich seufzte. Schon wieder irgendein Gedicht, natürlich mit einem Herz-Emoji dahinter. Ich hatte bisher noch nie zurückgeschrieben. Wenn Devin irgendwann Wind davon bekam, was Martin mir seit dem Schulbeginn alles geschrieben hatte, war es vorbei. Irgendwie war es ja süß, und er konnte verdammt gut schreiben. Aber meine Nummer hatte er auch nur, weil wir letztes Jahr gemeinsam ein Referat über den Aufbau der Atmosphäre halten mussten. Die Gespräche zwischen uns blieben immer sachlich, einen ernstzunehmenden Grund für seine Verliebtheit suchte ich heute noch.

Ich löschte die Nachricht und ging nach unten. Wenn es eine Möglichkeit gäbe, meine Nummer aus seinem Handy zu löschen, ohne dass er es bemerkt... ich würde es tun, auch wenn es gemein klingt. Die Wahrheit ist, ich habe Angst. Er hat es nicht verdient, wegen mir verprügelt zu werden, und genau das würde Devin tun, wenn er von dieser einseitigen SMS-Beziehung erfuhr. Ich liebe meinen Bruder, aber seine Sorge um mich konnte gefährlich sein, zumindest für andere. Für alle anderen, um genau zu sein. Annes Getratsche drang schon unter der Küchentür hervor. Sie klang aufgeregt.

Baba begrüßte mich mit seinem Lachen. Er konnte damit einen ganzen Raum zum Leuchten bringen, mit seinen breiten, schaukelnden Wangen und dieser Ehrlichkeit, die da in seinen Augen tanzte. Devin saß mit den beiden am Küchentisch und sah alles andere als erfreut aus.

„Selin!", lachte Papa. „Selin, die Schauspielerer!"

„Schauspieler*in*", korrigierte ich ihn, konnte aber nicht anders, als ebenfalls zu grinsen. Ich freute mich auf das Theaterstück. Dass trotz der vielen Hass-Nachrichten in sozialen Netzwerken und politischen Hetzreden trotzdem ein Plädoyer für die Vielfalt und das Kennenlernen verwirklicht werden konnte, fand ich einfach schön.

„Herr Schneider ist wirklich ein toller Lehrer", sagte ich.

Anne stellte die Teller auf den Tisch und setzte sich zu uns. Devin stocherte lustlos in seinen Spinatknödeln herum.

„Und, freust dich du auf die Arbeit morgen?", fragte Anne ihn. Ihr Deutsch war auch nicht perfekt, aber die beiden lernen immer mehr dazu. Baba und ich tauschten einen stummen Blick. Devin grummelte nur.

„Ich glaube, du kannst es dort noch weit bringen", meinte Baba vorsichtig. „Karriere machen", betonte er.

„Recycling ist wichtig. Du hilfst mit, den Erde zu retten", sagte Anne.

Doch ihre Aufmunterungsversuche waren zwecklos, wie immer. Devin hatte im Sommer begonnen, dort zu arbeiten – anfangs war er noch sehr motiviert, freute sich, Geld nach Hause bringen zu können und etwas dazuzulernen, aber seine Euphorie schwand so schnell, wie sein Beschützerinstinkt wuchs. Ich glaube, es lag an seinen Arbeitskollegen; er legte viel Wert auf Respekt, und die paar Gelegenheiten, zu denen ich ihn von der Arbeit abgeholt hatte, erweckten nicht gerade den Eindruck, als würde Respekt dort an der Tagesordnung stehen. Wenn ich an das Müllabfuhrunternehmen dachte, dachte ich an hässliches Gelächter und Zigarettenqualm und Motorlärm. Ich wusste, dass Devin die Schule Annes Meinung nach am besten ganz abbrechen und sich um eine Vollzeitbeschäftigung dort bemühen sollte, da seine Noten eher im unteren Bereich schwankten. Aber ich war froh, dass sie ihn nicht damit bedrängte. Manchmal, wenn er vergaß, seine Zimmertür zu schließen, konnte ich ihn sehen, über Bücher gebeugt, daneben ein Stapel mit Notizen bekritzelter Blockblätter. Er gab sich wirklich Mühe, und ich weiß, er wird die Matura schaffen, weil er es will. Ich sehe unsere Abschlussfotos schon vor mir, und das Glück in meinem Herzen, den Stolz beim Gedanken daran, seinen breiten Oberkörper in einen

Anzug gezwängt zu sehen, in seinen Augen dieses Funkeln, das jedem, der einen Blick auf das Foto wirft, sagt: Ich habe es geschafft. Ich habe es geschafft, verdammt nochmal! Und dann würde er einen Job suchen, der ihm gefiel, und seine Arbeitskollegen würden immer noch zwischen Rauch und Gelächter und Motorlärm feststecken.

Nach dem Essen versank ich wieder im Drehbuch des Theaterstücks. Die Väter der zwei Familien in der Geschichte, die Schönborns und die Freytags, haben gerade erfahren, dass der junge Tom Schönborn und die wunderschöne Maledin Freytag heiraten wollen, und treffen sich nachts auf dem Feld, um die Hochzeit zu boykottieren. Es ist das erste friedliche Zusammentreffen der älteren Generationen seit einem Jahrzehnt, und auf beiden Seiten zeigen sich die Andersartigkeit, die Unterschiede, die eigentlich nur in gegenseitigen Vorstellungen bestehen, und durch Gedanken in den Boden gerissene Kluften. Und obwohl – oder weil – sie sich gegenseitig verachten, sind sie sich in dem Punkt einig, dass eine Vereinigung beider Familien auf keinen Fall möglich sei.

Herr Schneider hatte wirklich Talent, wenn es um das Erzählen von Geschichten geht. Sein Sarkasmus schwang in beinahe jeder Zeile mit und ergänzte den Optimismus, der dem Publikum die Absurdität der künstlichen Barrieren zwischen den Familien aufzeigte und auch die Leichtigkeit, mit der sie zu überwinden wären. Ich legte die zusammengeklammerten Zettel auf die Seite und malte mir den Schluss des Stücks aus.

Es kann eigentlich nur ein Happy End geben. Wie will Herr Schneider sonst zeigen, dass es auch anders geht, nicht nur mit Hass und Gewalt und Vorurteilen?

Da standen sie, Maledin und Tom. Auf einer Sommerwiese, und vor ihnen ihre beiden Familien, Seite an Seite, das Kriegsbeil begraben. Musik kam von Onkel Freytags Flöte und der Gitarre der Tante Schönborn, die Geschwisterchen hielten sich an den Händen und zeigten aufgeregt auf den Strauß, der da zwischen Maledins langen, glatten Fingern ruhte. Ihr Kleid, bestehend aus allen Farben der Welt, flatterte im Wind. Orangerote Sonnenstrahlen zogen sich über die Steppe zwischen den beiden Anwesen und ließen die Gesichter in ihrem Licht erglühen.

Maledin blickt auf, zum Publikum. Ihre langen, gelockten Haare gleichen plötzlich den meinen, die selbe tiefschwarze Farbe, derselbe Schwung. Über den vollen Lippen spiegelt sich die Freude über die hart erkämpfte Harmonie im Schatten der Augen, die sich mit den meinen treffen. Der Vorhang fällt, und Applaus überflutet von den Sitzen aus die Bühne, auf der unsere Klasse steht, Hand in Hand mit einem Lächeln im Gesicht und dem Wissen, dass uns dieser Moment nie wieder genommen werden kann.

III: Devin

Ich schlug die Tür des Müllwagens zu und wir fuhren in die Morgendämmerung des anbrechenden Samstags. Oli saß am Steuer, und Josef futterte eine Fleischkassemmel. Müdigkeit zwang meine Augen nach unten, aber ich wurde nicht fürs Schlafen bezahlt. Die nächsten acht Stunden würden wir durch die Straßen ziehen und Karton um Karton in den Stauraum des Wagens werfen. Es gab schon aufregendere Möglichkeiten, Geld zu verdienen, doch ich war froh, dass ich nicht mehr auf die angewiesen war. Da war auch verdammt viel Glück im Spiel, und wenn wir erwischt worden wären... Ich wollte mir den Blick in Annes Augen nicht einmal ausmalen. Und Selin erst. Siebenfünfzig die Stunde für Kartons in einen LKW werfen, das passt schon. Wenn es sein muss, auch mit Oli und Josef. Und überhaupt, was hatte ein ausländischer Geringfügiger schon groß zu melden?

Wir machten unseren ersten Stopp an einem mittelgroßen Elektronikgeschäft. Die Kartons standen am Straßenrand, nass und schwer vom nächtlichen Regen. Ich krempelte die Arme hoch und schnappte mir einen Stapel, der mit einem dumpfen Geräusch auf der Rampe landete.

Josef zündete sich eine Zigarette an und steuerte gemächlich auf den Rest zu. Dafür würde ich ihm am liebsten schon wieder eine reinhauen. Aber Job ist Job, und Geld ist Geld. Baba und Anne ackerten sich jeden Tag ab, und vielleicht könnte einer der beiden wenigstens ab nächsten Sommer von Vollzeit auf Teilzeit wechseln, wenn ich mich bis dahin zusammenreißen konnte. Oli stieß Josef in den Rücken und deutete auf die andere Straßenseite. Eine Prostituierte auf dem Weg nach Hause, in ihren Wintermantel gehüllt, unter dem noch die Netzstrümpfe und Lackschuhe hervorlugten. Ihre Schminke sah verschmiert aus. Josef stieß einen Pfiff aus und sie antwortete mit einem ausgestreckten Mittelfinger.

Oli lachte. „Mach dir nichts draus, Jugos ficken eh nicht so gut, wie jeder meint."

Momente wie diese machten es schwer, mich zusammenzureißen. Aber ich versuchte, mich auf die Kartons zu konzentrieren. Zwei, drei Minuten später drückte die Metallschere alle Schachteln zu einer braunen Masse im Inneren des Wagens zusammen. Wir stiegen wieder ein und fuhren weiter, zum nächsten Kartonhaufen. Ein paar Straßen weiter konnte ich wieder die Prostituierte erkennen, die gerade mit den Schlüsseln zu ihrer Haustür haderte.

„Geil schaut sie aber schon aus", sagte Josef. „Was meinst du, Devin, hm? Würdest sie?"

Ich starrte auf die Rücklichter des Audis, der einige Meter vor uns rechts abbog. Wut kochte in mir hoch, wie ich sie nicht mehr gespürt hatte, als ich noch mit dieser Marokkanergruppe Gras verticken musste, Wut auf die Wände, die sich überall dort fanden, wo die Herkunft eine Rolle spielte. Also eigentlich überall. In der Schule, vor den Türen des Gymnasiums und der Universität, bei der Jobsuche, in

Zeitungen und Stammtischgesprächen und natürlich auch bei Sex. Und dadurch enden Mädchen auf der Straße und Männer in den Gassen, nur für das Mittagessen am Tag danach.

In solchen Momenten wurde mir klar, warum Anne ihr Kopftuch abgelegt hat. Gut fand ich es trotzdem nicht. Nur weil blinde Trottel, die keine Ahnung vom Islam hatten, glaubten, dass sie sich unterdrücken ließe – die haben sie eindeutig noch nie gesehen, wenn Baba wieder mal vergisst, den Geschirrspüler einzuschalten, die macht ihn fertig, mit oder ohne Kopftuch. Aber die Wahrheit ist, ich habe Angst. Manchmal, glaube ich, tut es ihr noch leid. Sie hat ihre Religion, einen Teil ihres Lebens, etwas Persönliches, von Anderen zur Allgemeinheit zerstampfen lassen. Aber offenbar machte es einen Unterschied, der sich rentierte. Vor zwei Jahren, seit sie sich dazu entschlossen hatte, das Kopftuch nicht mehr zu tragen, kam sie von Elternabenden immer zufrieden zurück, hatte auf einmal alle Informationen zu Selins und meinen Leistungen in jedem einzelnen Fach, ohne große Probleme. Ob das die Freiheit, die sie sich nehmen ließ, wieder wettmachte? Wer weiß.

Der Wagen hielt an und wir stiegen aus. Die Kartons wurden immer schwerer und hinterließen dunkle Abdrücke auf meinen Handflächen.

Freiheit. Im Sommer letzten Jahres habe ich erst bemerkt, was das bedeutet. Es war dunkel, Gewitterschauer erhellten die Berge hinter den Häusern der Stadt, und Hadir und ich warteten, Plastiksäckchen in den Innentaschen unserer Mäntel. Er erzählte mir von seiner fünfzehnjährigen Schwester, die letztes Wochenende einen österreichischen Manager geheiratet hatte und ihm und seiner Familie nun jeden Monat Geld zuschicken könnte. Es hätte sein letzter Deal werden sollen, doch dann lief dieser verdammte Schäferhund an unserer Gasse vorbei. Und hinter ihm der Polizist in Zivil. Ich bin einfach los, Hadirs Schreie und das Bellen des Schäferhundes hinter mir in der Dunkelheit zurücklassend. Seit damals habe ich nichts mehr von ihm gehört. Aber ich habe mir geschworen, dafür zu sorgen, dass meine Schwester nie einen Manager heiraten muss. Selbst, wenn ich dafür bis ans Ende meiner Jahre arbeiten musste.

IV: Faris

Schmerz war das erste, was ich fühlte. Ein Donnern im Hinterkopf und bei jeder Bewegung ein Blitz zwischen den Rippen. Ich öffnete die Augen und sah eine graue Decke über mir. Gegenüber prangte ein Avril-Lavigne-Plakat an der Wand, das Lydia mir vor zwei Jahren einmal zum Geburtstag geschenkt hatte. Ich war in meinem Zimmer.

„Na, Skaterboy? Schon wach?"

Lydias braune Wuschellocken fielen in mein Blickfeld. Sie grinste verlegen. Stück für Stück kamen die Erinnerungen zurück.

„Kannst du die Vorhänge aufmachen?", murmelte ich.

Sie stand auf und riss sie nach links und rechts, aber das Tageslicht konnte die einströmenden Erinnerungen nicht vertreiben. Blutgeschmack in meinem Mund. Luft, die von innen gegen meinen Magen presste. Das Holz meines Skateboards, das gegen eine Kniescheibe krachte. Brennen auf meinen Knöcheln.

„Wie spät ist es?"

„Erst zwei. Du solltest dich noch ein bisschen hinlegen."

Ich schob die Bettdecke zurück und wollte meine Beine auf den Boden schwingen. Wieder Gewitter. Den Aufschrei konnte ich diesmal nicht unterdrücken. Lydia drückte mich sanft zurück in den Kopfpolster.

„Warum bist du nicht in der Schule?"

„Heute ist Samstag. Du hast den Freitag verschlafen. Nach der Schule bin ich gleich zu dir, weil ich wissen wollte, was passiert ist. Aber dein Vater hat nur etwas von einem Überfall gemurmelt."

„So ein Blödsinn. Ich bin beim Skaten hingefallen. Wie läufts mit deiner Spendensammelaktion?"

Lydia sammelte an den Nachmittagen Spenden für syrische Flüchtlingskinder. Ihr System war einfach, aber genial. Wenn jemand etwas spendete, egal ob es zwei Cent oder ein Zehn-Euro-Schein war, durfte er auf ihrer Weltkarte unterschreiben. Bei Kommentaren wie „Die gehören alle angezündet und totgeschlagen!" fing sie an, die Urheber solcher Kommentare lautstark in Grund und Boden zu debattieren, ihnen Unmenschlichkeit und Idiotie vorzuwerfen. Einmal hatte sie so fünfzig Euro kassiert, einfach, weil andere Menschen mitgehört und aus Protest gespendet hatten. Sie brannte für ihr Projekt, aber nicht genug, um auf meinen Ablenkungsversuch einzugehen. Stattdessen versuchte sie lieber, mich in Grund und Boden zu debattieren.

„Das glaube ich dir keine Sekunde. Erstens bist du auf dem Brett sicherer als auf deinen Füßen, und zweitens sitzen dein Papa und ein Polizist gerade in der Küche nebenan."

„Scheiße."

Am liebsten wäre ich sofort aufgestanden und zum Küchentisch gerannt, aber meine Rippen machten klar, dass ich mir die Idee sofort aus dem Kopf schlagen konnte.

„Hast du gehört, worüber sie reden?"

„Über dich, Sherlock. Der Polizist hat am Donnerstagabend einen anonymen Anruf vom Sportplatz bekommen. Er stellt gerade ein paar Fragen. Du weißt schon, Probleme in der Schule, kriminelle Vergangenheit und der übliche Blödsinn."

„Scheiße. Scheiße, Scheiße, Scheiße."

Ich hörte nicht auf zu fluchen, bis Lydia meine Hand in die ihre nahm.

„Ich weiß, mit deinem Vater ist das schwierig. Aber wir kriegen das hin. Bitte, sag mir nur... wer war es? Bitte sag, dass du dich an sein Gesicht erinnern kannst."

„Schwierig ist gut. Wenn der Polizeityp ihm vormachen will, dass es ein rassistisch motiviertes Verbrechen war, kann ich mir mein Leben lang anhören, wie ehrlos und schwach ich bin, dass ich 'unser Volk, unser Land' nicht besser verteidige."

„Er hätte dich einfach ins Krankenhaus bringen sollen. Nur zur Sicherheit. Geh morgen zum Arzt. Und vergiss deinen Vater. Du bist nicht schwach. Schwach wäre nur, wenn du nichts dafür tust, um denjenigen zur Rede zu stellen, der dir das angetan hat. Bitte, wie hat er ausgesehen?"

Ich verkniff es mir, meinen Kopf zu schütteln.

„Vielleicht geh ich morgen zum Arzt. Keine Ahnung. Ich weiß noch, wie ich aus dem Sportplatzgelände auf die Straße bin. Und dann war da ein Schrei. Und ich sah..."

Ich sah Patrick und Erwin vor mir. Das Skateboard, das an Erwins Knie zerschmetterte, bevor er mir den Arm auf den Rücken drehte und mich zu Boden drückte. Patricks Stiefel in meinen Rippen. Am Montag würde Lydia ihnen die Hölle heißmachen, und sobald ich wieder daheim war, hätte Schneider schon meinen Vater angerufen.

Verstecken hinter einem Mädchen? So einen Sohn habe ich? Wo ist die Tapferkeit? Wo die Ehre?

„... einen Typ, er war sturzbetrunken. Und ist auf mich zu gewankt, während er irgendwas von sich gegeben hat, das ich nicht verstanden habe. Es war dunkel, und meine Beine waren wie gelähmt. Ich weiß noch, wie er nach mir geschlagen hat, und ich ihm das Skateboard gegen die Kniescheibe geschmettert habe, aber danach ist einfach nur Schwarz."

Die Besorgnis in Lydias Gesicht weitete sich aus, aber wenigstens schien sie mir zu glauben. Glück gehabt.

Aus ihrer Schultasche, die sie vor dem Stuhl zwischen ihren Beinen verstaut hatte, quollen mit mathematischen Formeln bekritzelte Zettel hervor.

„Wie läuft's mit üben? Ist deine Mutter immer noch so streng?"

„Ja, aber für gestern und heute habe ich mich loseisen können. Wir üben gerade gemeinsam auf die nächste Schularbeit, falls sie dich einmal fragen sollte. Extremwertaufgaben oder sowas."

Ich sah ihr an, dass sie noch mehr über den Donnerstagabend wissen wollte. Doch bevor irgendwelche weiteren Fragen durch ihre

Lippen dringen konnten, klopfte es an der Zimmertür. Papa lugte hinter dem Türrahmen hervor.

„Sohn? Der Polizist, der hier ist, will dir ein paar Fragen stellen." Sein angespannter Kiefer und der Tonfall, mit dem er die Worte ausstieß, machten klar, was er davon hielt. Ein Polizist. Will Fragen stellen. Wie konnte er nur.

Dann trat er ein, öffnete die Tür ganz und es kamen nicht eine, sondern zwei Personen durch die Tür. Der eine war seiner Uniform nach offensichtlich der fragengeile Polizist. Er hatte stählerne Augen und einen stoppeligen Schnurrbart, aber die Falten in seinem Gesicht gaben ihm etwas Freundliches. Die zweite Person war Herr Schneider.

„Hallo, Faris", sagte er und machte einen Schritt auf mich zu. „Meine Güte, du Armer."

Mein Vater schenkte ihm einen missmutigen Blick. *Er ist nicht arm, er hält das schon aus.* Auch Lydia schien sich in seiner Gegenwart nicht gerade wohl zu fühlen. Aber bevor er tatsächlich etwas sagen konnte, stellte sich schon der Polizist vor.

„Guten Morgen! Wie fühlst du dich? Darf ich dir einige Fragen stellen?"

Das waren eigentlich schon zwei Fragen, aber ich nickte einfach nur stumm.

Der freundliche Beamte nahm Platz auf dem Stuhl, den Lydia eifrig freimachte. Erst jetzt sah ich, dass er humpelte. Die Krücke lehnte er vorsichtig an meinem Schrank neben meinem Bett. Dann zückte er einen Notizblock.

Es kamen die üblichen Fragen. Voller Name, Alter, und so weiter. Nach jeder Notiz leckte er sich kurz über die Lippen und runzelte die Stirn.

„Also gut. Nun zu dem, was dir passiert ist. Der Überfall. Kannst du dich an irgendwas erinnern?"

„Ich bin nach der Schule zum Sportplatz gefahren."

„Zum Skaten? Gut, gut. Skatest gern, wie?"

„Ja. Und ja."

„Und während du im Sportplatz warst, ist dir niemand aufgefallen? Irgendjemand, der dich beobachtet hat, irgendetwas Verdächtiges?"

„Nein."

Ich erzählte ihm das, was ich schon Lydia erzählt habe. Er kritzelte eifrig mit und leckte sich nach jedem Wort einmal über die Lippen. Das freundliche Glänzen in seinen Augen verschwand dabei keine Sekunde. Ich würde gerne wissen, ob er Kinder hatte. Falls ja, ging es ihnen sicher gut. Er sah aus wie jemand, der für seine Kinder da war, egal wie sie drauf waren oder ob sie sich ja wie echte Österreicher verhielten. Sofern es einen Verhaltenskodex für Kinder mit österreichischer Staatsbürgerschaft überhaupt gab.

Der Polizist stellte noch einige Fragen zum Aussehen des Täters, aber ich antwortete immer wieder nur, dass es zu dunkel war, um wirklich sicher zu sein. Das schien ihn nicht zu freuen. Schließlich stand er auf, um sich zu verabschieden, haderte aber noch einen Moment mit seiner Krücke. Er drehte sich an der Tür noch einmal um und sagte:

„Gute Besserung, und gutes Gelingen mit eurem Theaterstück!"

Mein Vater geleitete ihn zur Tür, und für einen Moment waren Lydia, ich und Herr Schneider allein im Zimmer. Schneiders Blick hatte, trotz der Besorgtheit, auch etwas Trauriges. Er trat zu Lydia und fragte: „Lydia, würde es dir etwas ausmachen, mich kurz allein mit Faris zu lassen?"

Für einen Moment flackerte Irritation in ihren Zügen auf, aber dann schüttelte sie den Kopf und verschwand aus dem Zimmer, ihre Locken hinterher.

Ich wartete gespannt darauf, dass Schneider etwas sagte. Ich wollte ihn gerade fragen, warum er Lydia weggeschickt hatte, als er mich ernst ansah und meinte: „Ich finde es schade, dass so etwas genau nach der Ankündigung des Theaterstücks passieren musste. Es ist wie ein schlechter Witz. Du brauchst jetzt gar nichts zu sagen, ich möchte nur, dass du dir meinen Vorschlag anhörst und dir darüber Gedanken machst. In Ordnung?"

Warum fing er schon wieder mit diesem Scheiß-Theaterstück an?

Und wieso war es für alle klar, dass ich verprügelt wurde, weil ich Ausländer war? Reichte es nicht aus, dass die Anderen verdammte Arschlöcher waren?

Ich nickte.

„Falls du aus irgendeinem Grund – ganz egal, muss nicht wegen dem, was am Sportplatz passiert ist, sein – aber falls du aus irgendeinem Grund nicht bei der Aufführung mitmachen willst, brauchst du dich nur zu melden. Es ist immerhin keine Pflichtveranstaltung."

„Okay", sagte ich. „Danke."

Er sah auf die Uhr und machte sich auf, zu gehen.

„Ah, und noch etwas. Dein Vater hat den Polizisten zwar abgewimmelt, aber die Polizei empfiehlt euch dringendst, Anzeige gegen Unbekannt zu erstatten. Und ich würde es dir auch raten, wenn ich nicht wüsste, was mich dann beim nächsten Elternabend erwartet."

Und mit einem Zwinkern über seine Brille verschwand auch er.

V: Selin

Ich blätterte durch die Seiten des Drehbuchs, während sich immer mehr Leute um mich versammelten, vor der hölzernen Saaltür im zweiten Stock des Haider-Gymnasiums. Gespräche nahmen ihren Lauf, schräg gegenüber von mir konnte ich auch Martin erkennen, der heftig mit Aaron, seinem besten Freund, hin und her gestikulierte. Doch mein Lächeln galt den gedruckten Wortwechseln vor mir und den Bildern, die dabei entstanden. Als ich am Freitag an die Tür zu Herr Schneiders Büro klopfte und er mir mit fahrigen Bewegungen den Sitz vor seinem kleinen, mit Papierstapeln und Mappen überquellenden Schreibtisch anbot, hätte ich noch nicht gedacht, dass ich die Rolle tatsächlich bekomme. Aber jetzt ist es offiziell – ich darf Maledin Freytag spielen! Ich weiß nicht, was ihn vor dem Wochenende noch so beschäftigte, aber nach meiner Bitte um die Rolle verschwand die Trübsal zumindest für einen Moment, und seine Augen schimmerten mich links und rechts von seiner Adlernase zufrieden an.

„Perfekt", sagte er. „Die Rolle steht dir sicher gut. Um ehrlich zu sein, ich habe fast ein bisschen gehofft, dass du dich für sie bewirbst. Du weißt, wo und wann die erste Probe stattfindet?"

Zuhause erklärte sich Anne sofort dazu bereit, einige Kostüme für das Theaterstück zu nähen. Bis zur ersten Probe hatte sie schon die zerrissenen Kutten der beiden Familien, deren Hass aufeinander ihnen nicht nur die Harmonie, sondern auch ihren Wohlstand rauben sollte, fertig gestellt. Das Lumpenbündel hing aus meiner Umhängetasche und baumelte bei jedem meiner Schritte.

Ich hoffe, dass sich Herr Schneiders Sorgen wieder gelegt haben. Er ist einfach einer dieser Lehrer, bei denen die Menschlichkeit zwischen den ganzen Schularbeiten und Disziplinarmaßnahmen noch deutlich zu erkennen ist, ohne dass er sich dazu zwingen muss, „cool" zu wirken. Vielleicht liegt es einfach an der Begeisterung, die in ihm brennt, wenn er uns von alten Dichtern und vergessenen Zeilen erzählt, an diesem Brennen in seinen doch schon alten Augen, das weiter flackerte, obwohl sie den Inhalt jeder seiner Stunden schon tausendmal gesehen haben mussten. Aber er gewöhnte sich nicht an den Unterrichtsalltag, sondern lebte jede Stunde aufs Neue auf, und scheint in jedem Schüler, in jeder Schülerin das zu sehen, was ihn und sie einzigartig macht. Hoffentlich geht es ihm wieder besser.

Die Türe öffnete sich, und ich bemerkte, dass sich schon die ersten Leute unter Herr Schneiders Begrüßungen in den Saal drängten. Ich sah mich nach Faris um – am Freitag war er nicht in der Schule gewesen. Lydias Locken tanzten durch die Köpfe vor mir, aber ihr bester Freund war nicht zu sehen. Seltsam. Ich wollte sie gerade rufen, als ich Devins Hand auf meiner Schulter spürte. Er hatte das Wochenende über entweder in der Arbeit oder in seinem Zimmer verbracht, aber seine Mundwinkel zuckten, als ich ihn umarmte.

„Wie geht es dir?", fragte ich.

„Gut."

„Hast du dir schon überlegt, welche Rolle du nehmen willst?"

„Du bist jetzt fix die Meladin, oder?"

„Ja. Eigentlich Maledin, aber ja."

„Ah, ja. Ich hab' nur kurz drübergelesen. Dann mach ich den Tom", sagte er und machte sich auf in Richtung der Saaltür. Das Strahlen auf meinem Gesicht erlosch noch, bevor ich ihn aufgehalten hatte.

„Warte, warte! Wieso ausgerechnet ihn?"

„Naja, dann könnten wir gemeinsam üben."

„Devin... Das glaubt uns doch kein Publikum der Welt. Wir sind Geschwister, und jeder kann das erkennen. Klar wäre es toll, aber alles andere authentisch, meinst du nicht?"

Devin schien nach einem Gegenargument zu fischen, aber ich konnte mir schon vorstellen, was ihn dazu bewegte, unbedingt Tom Schönborn spielen zu wollen. Und in diesem Moment wurde ich zum ersten Mal seit langer Zeit zornig auf ihn. Ich machte noch einen Schritt auf ihn zu und blickte nach oben, über seine geschürzten Lippen hinweg in die Augen.

„Es ist ein Theaterstück, keine Dating-Show", flüsterte ich. „Such dir von mir aus die Rolle von Maledins Vater aus, dann kannst du Tom wenigstens ein paar Mal anschreien."

Ich wandte mich um und lief in den Saal, an dessen Wänden das Trommeln aus meinem Brustkorb tausendfach widerhallte. Die Decke war unendlich weit entfernt, und ich wankte, die Tränen unterdrückend, durch die Sitzreihen zum nächsten freien Platz. Einige Köpfe drehten sich nach mir um, aber ich saß einfach da, die noch leere Bühne fixierend, ohne auch nur einen Blick zu erwidern. Mein Herz klopfte immer noch, aber mein Atem wurde ruhiger. Nur nicht an Devin denken. Irgendwann muss er einfach einsehen, dass er mich nicht vor allem beschützen kann.

Herr Schneider betrat die Bühne. Etwas blass sah er noch aus, aber schon deutlich besser als am Montag. Er begann mit den Rollenverteilungen und versuchte, möglichst jeden Wunsch zu erfüllen. Es entstanden trotzdem einige Streitereien, die wenigsten wollten auf die Bühne, allein für die Soundsteuerung hatten sich mehr als die Hälfte aller Jungs gemeldet. Martin übernahm die Rolle des Erzählers, Devin und Viktor meldeten sich für die Konstruktion des Bühnenbilds. Für Tom Schönborn hatte sich nach langem Schweigen endlich Aaron gefunden. Ich winkte ihm zu und begann, Annes Kutten unter den Familienmitgliedern der Freytags und Schönborns zu verteilen. Stück für Stück, Wort für Wort zog uns Herr Schneider aus dieser Komödie aufeinanderprallender Meinungen tiefer in seine Welt. Und ohne einen Blick zurück ließ ich mich in ihre Arme fallen.

Der Heimweg verlief ohne Gespräche. Devin stapfte stumm neben mir her, ich war in Gedanken noch bei der ersten Probe. Sie war trotz allem gut verlaufen, auch wenn ich glaube, dass außer Herr Schneider und mir fast niemand wirklich für das Projekt brannte.

Viele hatten das Stück noch nicht durchgelesen, und oft musste Herr Schneider Missverständnisse klären oder Szenen genauer erläutern. Aber er tat es mit Geduld und ohne Vorwürfe, und ich bin mir sicher, dass sich das Feuer in seinen Augen noch ausbreiten wird. Und vielleicht, mit etwas Glück, würde die Welt dadurch ein Stück besser zurückgelassen werden.

VI: Devin

Faris musste bemerkt haben, wie still es geworden war. Doch er reagierte nicht auf die Fragen, sprach niemanden an, sondern setzte sich einfach still an seinen Platz und begann, in sein Heft zu schreiben. Er sah schlimm aus. Nicht nur wegen der Verletzungen. Irgendwas war anders an ihm. Nicht einmal Lydia blieb lange an seinem Tisch, aber mir fiel auf, dass sie während der Doppelstunde Geographie nachher immer wieder zu ihm hinüber schielte. Der Kuli zitterte in seiner Hand, doch Faris kritzelte mit unbeirrbarer Entschlossenheit weiter, ganz egal, ob die Lehrperson gerade etwas erklärte oder einfach eine Seite im Buch zu lesen war. In der Viertelstundenpause danach betrat Herr Schneider die Klasse, sah über unsere Köpfe hinweg und winkte Faris zu sich. Als dieser nicht reagierte, trat der Lehrer an Faris' Tisch. Der Junge blickte auf, zupfte sich die Kopfhörer aus den Ohren und murmelte eine Entschuldigung. Schneider wollte schon sprechen, bemerkte dann aber, dass sich die geballte Aufmerksamkeit der Klasse gerade auf den Tisch, an dem er und der offensichtlich verprügelte Schüler einander gegenüberstanden, konzentrierte.

Faris nickte zur Tür hin und schlurfte wortlos unter unseren Blicken der anderen hinaus, Schneider etwas ratlos hinterher. Doch was auch immer sie zu besprechen hatten, lange dauerte es nicht. Die Tür öffnete sich wieder, kaum, dass sie geschlossen wurde, und einen

Augenblick später saß Faris wieder an seinem Platz, den Kuli in seiner Hand kreisend.

Selin tippte mich an. Es war das erste Mal seit der ersten Probeeinheit, dass sie mich direkt ansah, ohne Wolken hinter ihren Augen. Gemeinsam folgten wir ihrem ausgestreckten Zeigefinger. Was sich dort vor dieser stummen Szenerie abspielte, war in der Tat eigenartig – ich sah Patrick, zurückgelehnt in seinen Stuhl, dessen Rückenlehne gegen die hintere Wand des Klassenraums gedrückt wurde. Sein Lächeln hatte etwas Eigentümliches; ruhig, aber voller Entschlossenheit, nicht unähnlich der von Faris mit seiner Kugelschreiberkritzelei. Und zwischen den beiden, da saß Erwin – sein Blick wanderte kopfschüttelnd von Patrick nach vorne und wieder zurück, seine Faust ballte sich auf der Schulbank. Patrick warf ein Papierkügelchen nach ihm, das Erwin mit der anderen Hand von seinen Schultern stieß. Dann ein zweites. Als ein Drittes an seinem borstigen Hinterkopf abprallte, fuhr er auf. Erwin trampelte ans Ende der Klasse, wuchtete Patrick, der beinahe vom Stuhl gefallen wäre, den Tisch in seinen Magen, ein paar überraschte Schreie ertönten. Alle Augen waren auf ihn gerichtet. Und dann sagte er, hinein in die plötzlich entstandene Stille:

„Nein. N, E, I, N. Kapiert?"

Patrick zischte etwas zurück, was ich aber nicht verstehen konnte. Erwin ignorierte es und machte sich wieder auf dem Weg zu seinem Sitzplatz. Er humpelte etwas, sein rechtes Knie schien sich nicht so zu beugen, wie er es wollte. Seine Fäuste zitterten. Patrick hatte nicht einmal mit der Wimper gezuckt. Er saß einfach nur da, immer noch diese stille, lächelnde Entschlossenheit im Gesicht.

„Was sollte das denn?", murmelte ich, als sich die ersten Gespräche wieder einstellten.

„Keine Ahnung. Aber hast du gemerkt, wie sehr Faris zu zittern begonnen hat, als Erwin aufgestanden ist?"

Ich sah nach vorne. Lydia war wieder bei ihm und umklammerte seine Hand. Er selbst saß einfach nur da, den Kopf zur Tafel gerichtet. Sein Kugelschreiber lag still neben einem vor Tintenkreisen beinahe schwarz gefärbtem Papier.

Mein Schädel ratterte auf Hochtouren, während ich versuchte, mich an Patricks Rolle im Theaterstück zu erinnern. Aber ich kam nicht drauf. Als ich Selin danach fragte, verdrehte sie nur die Augen und sah mit gespieltem Desinteresse aus dem Fenster.

Es ist ein Theaterstück, keine Dating-Show.

Ihre Worte, obwohl schon eine Woche alt, klangen immer noch in meinem Kopf. Ich kann verstehen, warum sie wegen der Sache sauer auf mich ist – aber irgendwann wird sie schon verstehen, dass ich in diesen Dingen meinem Instinkt folgen musste. Dass meine Sorgen nicht vollkommen unberechtigt sind.

Ich konnte ihr nie von Hadirs kleiner Schwester erzählen. Sie hätte gefragt, woher ich ihn kannte. Was ich mit ihm unternommen hatte. Ihn selbst habe ich nie wiedergesehen, aber manchmal tauchte seine Schwester hinter meinen Lidern auf, ein nun siebzehnjähriges

Mädchen, das sich langsam vor ihrem Mann auszog, der ihr von seinem rot bezogenen Doppelbett aus mit dicken Geldbündeln zuwinkte, während ich alleine in meinem Zimmer lag und versuchte, das Gesicht des Mädchens nicht zwischen Selins Zügen vergehen zu lassen. Ich wälzte mich im Bett, versuchte, das Ganze zu verscheuchen. Der fremde Mann lachte mich aus dabei, verwandelte sich in Josef, weiter in Oli, dann in einen ganz anderen Mann – Aaron? – doch sein Mund blieb immer aufgerissen und entblößte die gelblichgrauen Zähne unter seinen Knopfaugen, die unter meinem Scheitern aufgeregt hin und her hüpften. Bis ich mir einreden konnte, dass diese Bilder nur meiner Angst entsprangen und Selin stark genug sei, um solche Situationen zu verhindern, schimmerte oft schon das graue Licht der Morgendämmerung durch den Spalt zwischen den Vorhängen hindurch auf den Boden meines Zimmers. Staub tanzte sacht, und das schrille wechselhafte Lachen des Managers glich nur noch dem letzten Atemzug eines sterbenden Monsters unter meinem Bett.

VII: Faris

Lydia, Herr Schneider – sie alle meinten es nur gut, doch keiner der beiden konnte mich wirklich verstehen. So wie ich Patrick und Erwin nicht verstehen konnte. Warum sie es getan hatten. Was letzten Sommer passiert war und sie dazu gebracht hatte, überhaupt damit anzufangen. Aber seit dem 'Unfall' ließen sie mich in Ruhe. Erwin schien mir zurzeit sogar ganz aus dem Weg zu gehen. Wenn ich Patricks Blick über die Köpfe der Menge in den Gängen erhaschen konnte, war seine Miene neutral, abgesehen von diesem stillen, ungewiss-zufriedenem Grinsen. Doch auch dieses schwand Tag für Tag, und Patricks Kopf selbst war immer öfter alleine unter den anderen auszumachen, ohne die Begleitung von Erwins kurzen, blonden Stoppelhaaren.

Ob er sich auch alleine fühlte? Ich wusste nur, dass für mich die restlichen Mitglieder der 7C immer mehr zu persönlichkeitslosen Schatten verschwammen, zu teilnahmslosen Wegbegleitern, die es vielleicht gut meinen, aber kaum gut verstehen konnten.

Jeden Morgen marschierte ich zu meinem Tisch, setzte mich, konzentrierte mich auf die Unterrichtsstunden, notierte Hinweise der Lehrer in meinem Block, aß um 9:30 meine Mayonnaisesemmel und folgte wieder bis zur letzten Pausenglocke den Worten der anderen, Tag für Tag.

Und ich mochte es so. Es war angenehm, nicht mehr dazugehören zu müssen. Es gab mich, und eben „die Anderen". Sie konnten mich nicht verstehen. Ich wollte sie nicht verstehen. So einfach war das. Und diesmal war es nicht wegen meiner Herkunft oder meinem Namen, diese unsichtbare Grenze bestand aus mir selbst – zum ersten Mal in meinem Leben hatte ich einen tatsächlichen Grund, mich anders zu fühlen. Und wenn Papa immer schon einen Ritter zum Sohn wollte, nun hatte er ihn. Er verteidigte vielleicht nicht sein Land oder seine Kultur, aber er stand alleine und wachsam. Stets bereit, das zu verteidigen, was ihm noch am Herzen lag. Die Freiheit, mit dem Geschehen so umzugehen, wie es mir für richtig vorkam. Doch auch wenn Schneider nach ein paar abwimmelnden Worten meinerseits einsah, dass er nichts dagegen tun konnte, Lydia wollte nicht lockerlassen.

„Du kannst das doch nicht alles alleine regeln", meinte sie, als wir am Mittwoch nach Hause gingen. „Und bevor du denkst, ich bin hier einfach nur selbstlos – mir fehlt dabei auch etwas."

Ich sah sie fragend an.

„Ich vermisse einfach, wie es früher war. Eigentlich erst vor drei Wochen, aber es fühlt sich an wie eine Ewigkeit. Als hättest du ein Jahr im Ausland verbracht und nun liegt irgendetwas in der Luft und verhindert, dass wir wieder ganz normal reden können. Und, tut mir leid, aber es ist einfach offensichtlich, dass dieses Etwas am Donnerstagabend vor drei Wochen passiert ist, und du jetzt aus irgendeinem Grund einen auf hart machen musst."

„Lydia, es ist alles in Ordnung. Ich komm' damit klar", murmelte ich, neben ihr hergehend und darum betend, dass sie etwas leiser sprechen würde. Papas Haus war schon am Ende der Straße zu sehen, und mittlerweile war er sicher schon von der Arbeit heimgekommen.

„Genau. Wann hast du eigentlich dein Skateboard das letzte Mal zur Schule genommen?"

Ich hatte einfach keine Lust mehr. Und die Kerben, die durch den Zusammenstoß mit Erwins Knie entstanden waren und nun den Blick auf das hölzerne Innenleben des Bretts freigaben, musste ich auch noch flicken. Ich schwieg. Lydia beeindruckte das nicht.

„Vor drei Wochen, ich bin doch nicht blöd. Faris! Das war das erste, was du nach der Schule getan hast – nein, sogar in der Mittagspause hast du draußen ein paar Runden gedreht. Und auf einmal, seltsamerweise, auf einen Schlag – Zack! Keine Lust mehr auf Skaten. Aber es ist alles in Ordnung, Faris kommt schon damit klar."

„Ich habe nie behauptet, dass mir nichts davon zugesetzt hat. Aber ich wüsste nicht, warum ich mit dir darüber reden sollte. Ich meine, mit irgendjemandem. Dadurch ändert sich nichts. Was passiert ist, ist passiert."

„Und wie sich dadurch etwas ändert. Sobald ich herausgefunden habe, wer so dämlich ist, mitten in der Nacht meinen besten Freund halb tot zu schlagen, werde ich demjenigen den Kopf abreißen."

Einen grotesken Moment lang hatte ich ein Bild von Lydia vor mir, wie sie mit den Köpfen von Erwin und Patrick jonglierte und dabei auf meinem Skateboard ihre Kreise drehte. Ich lachte abrupt auf, und um ein Haar wäre mir die Wahrheit durch die Lippen gerutscht. Aber dann fiel mir wieder ein, wo ich war, und auf welche Haustür wir gerade zusteuerten. Ich presste die Lippen aufeinander, sah aber sofort, dass Lydia mein Lachen bemerkt hatte.

„Aber anscheinend interessiert dich das eh nicht. Du willst einfach nur vor dich hinvegetieren und nichts an dich heranlassen. Auch gut."

In ihrer Stimme lag plötzlich ein Gift, das ich seit unseren Kindergartenzeiten nicht mehr so deutlich herausgehört habe. Ich blieb stehen. Die automatische Garagenbeleuchtung flackerte auf und strahlte uns von der Seite an.

„Ich habe keine Lust mehr, einen selbstmitleidigen Dickschädel davon zu überzeugen versuchen, das Richtige zu tun. Meld' dich einfach, wenn du was brauchst."

„Lydia, bitte. Das war nicht so gemeint."

Ich hob meine Hände, um ihre eine Abschiedsumarmung zu geben, so wie jeden Tag. Doch sie wich zurück. Einen Moment lang standen wir einfach so da und ich bemerkte, dass etwas zwischen uns zerbrochen war.

„Bis morgen, Faris."

Und dann hörte ich lange nichts, nur ihre leiser werdenden Schritte im Schein der Straßenlaternen.

Mein Vater öffnete mir die Tür und ließ mich ein. Es roch nach Nudelsuppe.

„Und Sohn, wie war dein Tag?"

„Super", sagte ich. „Lief alles wie am Schnürchen."

„Bravo. Ich bin stolz auf dich."

VIII: Selin

Das Drehbuch lag aufgeschlagen auf meinem Nachtkästchen, begraben unter bunten Notenheften. Ich blätterte durch die Seiten der „Besten Rock-Balladen" und fand, wonach ich gesucht hatte. Als ich die ersten paar Töne durch das Zupfen der Saiten erkannte, musste ich lächeln. Wie Fahrradfahren. Ich spielte noch die erste Strophe und summte dazu die Melodie, bis der Refrain einsetzten sollte. Aber ich wollte nicht alles jetzt schon spielen. Ein Blick auf die Uhr verriet mir, dass Devin bald heimkommen sollte. Obwohl, Annes Geburtstag wurde die letzten Jahre eigentlich nie richtig gefeiert. Früher, als Devin und ich noch klein waren, gab es immer eine kleine Party mit Kuchen und Cola, aber mit der Zeit nahmen die Feiern und die Geschenke ab, und irgendwann fiel mir auf, dass Baba und Anne nie ihren Geburtstag feierten, nur manchmal Geschenke von freundlichen Arbeitskollegen mit nach Hause brachten oder am Abend mit uns gemeinsam ein Brettspiel spielten.

Der einzige Geburtstag, der im Islam offiziell gefeiert wurde, ist der des Propheten Mohammed. Für Devin und mich hatten unsere Eltern früher kleine Geburtstagsfeiern veranstaltet, damit wir nicht traurig oder neidisch auf die anderen Kinder wurden. Herr Schneiders Aussage zum Thema Integrationskritik fiel mir ein und brachte mich zum Grinsen. *Integration hat immer etwas Hierarchisches. Integration verlangt die Unterordnung mehrerer Minderheiten gegenüber der Mehrheit.*

Vor dem Klang von integrationsfördernden Geburtstagsliedern und fröhlich lachenden Kindergesichtern klang der Satz nicht mehr so dramatisch. Devin wurde das Ganze schon mit zwölf zu blöd, aber ich fand die Feiern eigentlich immer toll. Und deswegen hatte Herr Schneider doch recht. Devin wollte nie mehr feiern, ich ging an meinem sechzehnten Geburtstag heimlich mit Anne auf ein Glas Wein. Und aus irgendeinem Grund scheint das Eine in den anderen Augen verwerflich, das Andere in den einen Augen wünschenswert. Und je nachdem, welche Augen überwiegen, wird man selbst für verwerflich oder wünschenswert gehalten.

Heute war Annes Geburtstag. Aus Rücksicht auf Devin bestand ich diesmal nicht auf eine Feier, aber ich wollte ihr trotzdem ein kleines Geschenk machen. Das war das Mindeste, nachdem sie mich so bei der Aufführung unterstützt hatte, mit den genähten Kutten und meinem Kleid. Sie hatte es noch nie an mir gesehen. Als sie es mir vor zwei Tagen überreicht hatte, sagte sie nur, ich solle es probieren und falls es nicht passt, ihr einfach sagen, wo es enger oder weiter sein sollte. Sie wollte das Kleid selbst eigentlich erst bei der Aufführung sehen, aber weil es ja ihr Geburtstag war, hatte ich eine kleine Planänderung vorgenommen. Es wurde langsam Zeit. Ich wandte mich nochmal zum Spiegel und sah an mir herab. Der orangene Stoff des Kleides lag wie angegossen an meinem Körper. Bei jeder Bewegung tanzten die violetten, roten und schwarzen Linien wie Schlangen auf und ab, und das Kopftuch selbst schien nichts zu verstecken, sondern verlieh dem Ganzen noch eine zusätzliche Facette der Einzigartigkeit. Ich trug nicht immer ein Kopftuch, aber heute legte ich es an. Die Gitarre unter dem Arm geklemmt schnappte ich das Notenheft und ging hinunter ins Esszimmer, wo Anne und Baba am Tisch saßen und plauderten. Devin war noch nicht nach Hause gekommen.

„Baba, halt Anne mal die Augen zu", sagte ich, noch halb im Schatten des Hausgangs versteckt. Ohne zu zögern, sprang Baba hinter sie und hielt ihr die Hände vors Gesicht.

„Alles klar", meldete er.

Und als Anne die Augen wieder öffnete, saß ich im Kerzenschein vor ihr. Tränen sammelten sich in Babas Augen, als ich die ersten Noten zu spielen begann. Ich hörte meine Stimme und folgte den Akkorden im Licht der flackernden Kerze vor mir. „Knocking on Heavens Door", flüsterte Anne, und Baba lächelte ihr zu. Die Geschichte des Lieds kenne ich nicht genau, aber ich glaube, dass es eine Wichtige war. Immer, wenn es im Radio lief, trat dieser Ausdruck in ihre Züge, den ich nur selten, aber immer wieder gerne sah. Etwas Seeliges.

Anne grinste von einem Ohr zum anderen. Devin, der kurz darauf durch die Haustür gerauscht kam, sah das Schauspiel in der Küche und setzte sich stumm dazu. Und auch, wenn niemand es aussprach – in diesem Moment, glaube ich, freuten wir uns alle, dass

Anne heute zwischen uns sitzen konnte. Egal, ob sie Geburtstag hatte oder nicht. Und dann kam der Refrain.

Später, in meinem Zimmer, spürte ich, wie sich die kalte Nadel zwischen meinen Fingern langsam erwärmte. Ich zog einen Faden durch die Öse und begann, die Oberfläche des Lederstreifens mit weißen Linien zu durchziehen. Das Lederband hatte mir Baba einmal geschenkt, als wir vor Ewigkeiten in einem Zoo gewesen waren. Ich mochte die Pinguine, deshalb hatte er mir im Souvenirladen ein Band gekauft, auf dem Willy, das damals noch neugeborene Pinguinbaby und Hauptattraktion des Zoos, abgebildet war. Natürlich war es kompletter Schrott, die Farbe begann schon nach ein paar Wochen abzublättern, bis nur mehr der dunkelbraune Untergrund zu sehen war. Aber heute, kurz bevor ich eingeschlafen wäre, jagten Ideen durch meinen Kopf. Wünsche. Träume. Ich versuchte, mich noch einmal an das Gefühl zu erinnern, das heute Abend in der Küche in mir aufgeflackert war. Es war das selbe, das ich beim Gedanken ans Schauspielern fühlte, oder nach dem Verstehen eines guten Gedichts, diese prickelnd-euphorische Gänsehaut, die durch das Zupfen der richtigen Saiten einer Gitarre oder die Zeilen von W. H. Auden geweckt werden kann. Und nun trieb mich diese Gänsehaut in die Fänge meines ersten, weit entfernten - aber doch beinahe greifbaren – Zukunftstraums.

Ich wollte durch das Land ziehen und Lieder spielen. In Gasthäusern, in kleinen Wohnungen, vielleicht auch mal auf einer WG-Party. Oder einfach mitten in einem Feld. Weit und breit nichts als blauer Himmel und Musik um mich herum. Und so riss ich mich aus dem Schlaf und begann, nach dem verblichenen Willy-Armand zu kramen. Bald hatte ich es gefunden, im Staub hinter einer dicken Ausgabe von Kafkas gesammelten Werken. Wie passend. Ein todunglücklicher Künstler versucht, ein junges Mädchen vor der Kunst zu bewahren. Ich schenkte dem Portrait des Autors, dessen Augen schwarz und leer aus dem Titelbild an mir vorbei blickten, einen aufmunternden Blick.

„Wird schon gut gehen, Franzi. Ich zieh das durch", flüsterte ich und lief, das Armband zwischen den Fingern, zu meinem Schreibtisch. Eine Künstlerin brauchte ein Motto. Etwas, das sie leitet, denn alle, die sich nur mit Kunst und nicht mit Lebenskunst beschäftigt hatten, waren untergegangen. Nicht in der Nachwelt, aber in ihrem eigenen Leben. Was wollte ich mit meiner Musik machen? Was machte sie mit mir? Ich überlegte kurz, nickte und schnappte mir Nadel und Faden.

Im Halbdunkel stachen die weißen Buchstaben noch hervor. Ich war erleichtert, dass mir das Armband immer noch passte, das nun auf meinem Nachtkästchen, über dem Drehbuch, lag. Lächelnd sah ich auf das eine Wort hinab, das ich hineingestickt hatte. *Liberate.*

IX: Devin

Die Tür zum Proberaum öffnete sich wie jeden Montag. Es war die dritte Probe, und mittlerweile nahm das Projekt Gestalt an. Ich wuchtete die Pappmaché-Mauer zwischen den Grundstücken der Schönborns und Freytags auf die Bühne, Viktor stellte einige Kartons mit aufgemalten Büschen daneben. Die ersten Plätze füllten sich. Schneider kam auf uns zu.

„Gute Arbeit, Jungs", sagte er und deutete zum entstehenden Bühnenbild.

Viktor bedankte sich und ich nickte. Zufrieden die Hände reibend, machte Herr Schneider weiter seine Runden, ließ einzelne Schüler ihre Passagen vortragen und beantwortete Fragen, bis der Saal komplett gefüllt war und alle auf ihren Plätzen saßen. Fast alle. Jemand fehlte. Wo war Selin?

Da öffnete sich die Türe nochmal, und Selin trat in ihrem orangelila Kleid herein. Ihre glatten, schwarzen Haare wehten um ihre Taille. Ein Raunen ging durch die Menge und ich fühlte, wie mein T-Shirt sich über meinen Muskeln spannte. Warum musste sie heute schon damit auftauchen? Von links hörte ich ein Flüstern.

„Scheiße, sieht das gut aus."

Ich folgte dem Geräusch und sah Martin. Wenn er seine Augen noch weiter aufgerissen hätte, wären sie ihm aus den Höhlen gefallen. Dieser Wichser. Ich stand auf, drängte Aaron zu Seite und baute mich vor dem kleinen Scheißer auf. Alles Blut schien aus seinem Gesicht zu schwinden, und er klammerte sich zitternd an die Lehnen seines Sessels.

„Devin, hey. Ich habe es nicht so gemeint, ehrlich. Mir würde nicht im Traum einfallen-"

Seine Stimme zerbrach unter meinem Blick. Er war ein Feigling. Rings umher sahen mich meine Mitschüler an, manche geschockt, manche neugierig. Martin wollte aufstehen, doch ich drückte ihn zurück in seinen Sessel.

„Hey! Leute!"

Ich konnte Schneiders Stimme nur noch wie durch eine Wand wahrnehmen. Martins Gesicht lag bleich unter mir, und in meinen Ohren klingelte es, während mich die Worte von Josef und Oli einholten. Martins Schultern fühlten sich sehr zerbrechlich an. Ein fester Druck und er würde lernen, was es hieß, Respekt zu zeigen. Doch dann schob sich meine Schwester ins Bild und versetzte mir eine schallende Ohrfeige.

„Was zur Hölle ist in dich gefahren? Er hat gar nichts gemacht!"

„Er hat dich gerade-"

„Ihm hat mein Kleid gefallen, na und?"

Schneider stellte sich zwischen uns.

„Bitte beruhigt euch. Selin, dein Kleid sieht wundervoll aus. Devin, ich finde es gut, dass du deine Schwester in Schutz nehmen willst, aber ich glaube, hier haben wir die Situation unter Kontrolle. Vielleicht unterhalten wir uns nach der Probe in meinem Büro."

Finster nahm ich wieder Platz. Das Klingeln in meinen Ohren wurde immer lauter. Selin stapfte davon und ich wusste, dass sie in den nächsten Tagen alles andere als gut auf mich zu sprechen sein würde. Aber wenn das der einzige Weg sein soll ... ich hatte versucht, mich von ihrer Begeisterung anstecken zu lassen, doch solche Dinge konnte ich einfach nicht überhören. Ich will nicht, dass Martin irgendwann in ein paar Jahren in einem LKW sitzt und sich mit seinem Arbeitskollegen über meine Schwester unterhält. Klar, Martin war ein netter Typ, aber ... irgendetwas stank. Etwas Schlimmes würde passieren, wenn es so weiterging, ich wusste es. In jeder Zelle meines Körpers schrillten die Alarmglocken. Ich musste Schneider dazu bringen, das Theaterstück abzubrechen. Noch heute.

HEUTE.

Ich kann mich noch gut an das Gespräch erinnern. Devins Händeringen. Die Angst in seinen Augen und die Wut. Ohne Martin. Selin ist auch nicht aufgetaucht. Die stummen Tränen am Friedhof und die Schaufeln, die weiter Erde über die zwei schwarzen Särge häuften, bis sie nicht mehr zu sehen waren. Devins Schultern, so zerbrechlich wie die eines neugeborenen Kindes. Meine Kehle verknotet sich. Ich schließe die Augen. Kann ich nicht einfach alles vergessen? Nur für einen Moment?

Das Traurige ist, ich weiß nicht einmal genau, wann alles begonnen hat, schief zu laufen. Vielleicht in der Woche vor der Generalprobe. Vielleicht auch am ersten Schultag. Vielleicht schon vorher. Einer nach dem anderen werden sie vom Richter aufgerufen, dazu gebracht, alles noch einmal zu durchleben, ihre Sicht der Dinge zu schildern, Worte in den Raum zu spucken, nach ihrem Verklingen endlos leere Sekunden hinterlassen. Der Schöffe rechts vom Richter, mit dem rotblonden Kurzhaarschnitt und der randlosen Brille, hat sichtlich Probleme, mit dieser Stille klarzukommen. Seine Hand wandert in seinen Nacken, kratzt, Fingernägel krallen sich in sommersprossige Haut und kurze Schauer schütteln ihn immer wieder durch. Vom Taschentuch vor ihm, nass vor Schweiß, strömt Salz in die Luft. Ich sehe ihn, den Raum, die Menschen, rieche die Luft und das Salz und die Tränen, höre Aussagen und Erzählungen, aber ich bin nicht mehr da. Das Ganze kommt mir vor wie ein schmelzender Eiszapfen in Endlosschleife; kurz bevor sein letzter

Tropfen fällt, baut er sich wieder auf und gefriert, um wieder aufs Neue wegzuschmelzen.

Ich bekomme dieses Dominospiel nicht mehr aus dem Kopf. Auf dieser einen Party, vor so vielen Jahren. Die Tische übersät mit Bierflaschen, halbvollen Wodka-Bull-Bechern und Malibu, aufgerissene Chipspackungen, irgendwo ein Radio neben einem Stapel zerbrochener CD-Hüllen. Wir sitzen im Kreis, ich und vier oder fünf meiner damaligen Studienkollegen. Jeder von uns spürt, dass er zu viel getrunken hat. Niemand will es zugeben. Und zwischen uns, da liegen sie. Dominosteine in Rot, Blau, Gelb, Schwarz, Weiß, Grau, Orange, Lila, in allen möglichen Farben. Ein paar davon liegen noch durcheinander, aber jeder von uns hat eine kleine, einfarbige Reihe der Steine vor sich aufgestellt. Der Teppichboden macht es nicht gerade einfacher, und der Rausch sowieso nicht. Es ist ein Wettkampf. Ich habe mir die grünen Steine ausgesucht, glaube ich. Nach jedem Zug leeren wir etwas aus unserem eigenen Getränk in den großen Becher in der Mitte. Dort sammelt sich alles, Speichel, Wein, Wodka, Bier, Orangensaft, hängengebliebene Chipskrümel. Der, dessen Steine als erstes umfallen, der muss ihn dann austrinken. Das Spiel läuft gut, wir haben den Boden und den Rausch fast unter Kontrolle, die bunten Schlangen wachsen zur Mitte hin und werden immer länger, der Becher immer voller. Doch Dominosteine wollen irgendwann umfallen. Sie müssen. Es liegt in ihrer Natur, umzufallen. Egal, welche Farbe sie haben, egal, wie betrunken derjenige ist, der sie steuert.

Irgendwann werden sie fallen. Ich kann mich nicht mehr daran erinnern, wer gewonnen hat. Ist auch nicht wichtig. Was mir nicht mehr aus dem Kopf geht, ist das Bild vor dem Spiel. Als alle Dominosteine noch durcheinanderlagen. Ein bunter Haufen auf dem Boden, ohne den Schatten dieses Bechers über sich. Vor so vielen Jahren.

Ich sehe die Münder und Hände und Augen im Raum. Ich sehe den Hammer am Mahagonipult und Uniformen und schwarze Mäntel. Ich sehe die Notizen links von mir, ich sehe die Schweißperlen auf Erbsheims Stirn und die tropfenden Winterstiefel. Ich sehe Schnee vor dem Fenster und die verzerrten Züge auf dem Wahlplakat auf der anderen Straßenseite. Ich sehe das schneidig geputzte Haar und seine weich geglätteten Zähne, durch die die Patriotenpoesie erklingt. Heimatliebe und Herzblut, Steinadler und Schutzmaßnahmen, Nebelwerfer, Sicherheitspersonal, Differenzierung, Arier und Pensionssicherungen tropfen wie Honig von den wütend-charismatischen Lippen. Und mit jedem Wort wird ein weiterer Dominostein aufgestellt, und die Grenze zum Becherrand verringert sich, nur um ein kleines Stück, aber doch immer weiter. Bis man es gewohnt ist, im Schatten des Bechers zu stehen, starr vor Angst, den ersten Schluck nehmen zu müssen. Doch wenn nie getrunken wird, wird er irgendwann überlaufen, und dann müssen alle ertrinken. Dominostein um Dominostein wird fallen, bis sich jeder einzelne der Steine wieder in dem bunten, durcheinandergewürfelten Haufen wiederfindet, der nun in der Luft darüber einen beißenden Gestank versprüht.

Teil II

Zwei Monate vorher.

Stephanie, Erwin und Patrick.

I: Stephanie

Die alte Dame zog den Jungen weiter, fort vom Spielplatz. Die kleinen Finger streckten sich aus, als könnten sie die rote Rutsche, die dort aus dem nebeligen Nachmittag stach, noch mit sich ziehen, aber der Griff der runzligen Hände war stärker. Ich saß auf der Schaukel, die Rutsche links, der Junge rechts vor mir. Meine Schuhe gruben sich in die nassen, braunen Holzschiefer am Boden und ich wippte vor und zurück. Ich ließ die Camel fallen, trat sie aus und zündete mir noch eine an.

Asche war auf meine schwarze Winterjacke gefallen und hinterließ Spuren, die sich wie alte Haare über den Stoff zogen. Die Frau und das Kind verschwanden zwischen den Baumstämmen, die den Pflasterweg durch den Lausberger-Park säumten. Die Anlage war fast menschenleer um diese Zeit. Verdunkelte Blätter und der kalte Wind zogen häufiger umher als die in Schal und Mantel gehüllten Schatten auf dem Weg nach Hause. Bauchige Rauchwolken stiegen von meinen Lippen und verloren sich im wolkenverhangenen Himmel. Langsam war ich mir nicht mehr sicher, ob ich nur diese Stadt, oder einfach die ganze Welt hassen sollte.

Eine Zeitung wehte von rechts kommend an mir vorbei, auf der Titelseite das Bild eines weinenden Kindes vor Häusertrümmern. Mit einem weiteren Windstoß verfing sich das Blatt zwischen der roten Rutsche und dem nassen Boden, immer noch flatternd und unbeachtet. Ich kramte in der Manteltasche nach Kopfhörern und führte die kleinen Lautsprecher durch weißblonde Strähnen in meine Ohren. Bass füllte die Stille und vertrieb die Gedanken an früher. Die Gedanken daran, mit meinen Freunden aus der alten Schule durch die Straßen von München zu ziehen, Freunde, die ich nun nur mehr über Facebook kannte, Gedanken an Papa und seine Zerstreutheit, wenn er versuchte, Mama zuzuhören und gleichzeitig die Zeitung zu lesen, die er nun jeden Morgen alleine lesen musste. An warme Sommernachmittage auf der Hollywoodschaukel im Garten, die nun nur mehr ein im Wind schwingendes Skelett sein musste.

Die Musik brachte mich wieder einmal zu Faris.

Ich glaube nicht, dass er weiß, dass ich existiere.

Für ihn war ich nicht mehr als dieses Zeitungsblatt unter der Rutsche. Aber wenn man nach der Scheidung der Eltern in eine andere Stadt und in die 7D des Haider-Gymnasiums verfrachtet wurde, wochenlang mit niemandem ein ernsthaftes Gespräch führte und die Freizeit alleine im Park verbrachte, wird man wohl für alle zu einem Zeitungsblatt.

Selbst schuld, Stephanie. Wie sollte ich ihm zeigen, dass nicht nur er sich hier fremd fühlte, einfach fehl am Platz? Das zählte zu den wenigen Vorteilen daran, ein Zeitungsblatt zu sein. Man hatte viel Zeit zum Beobachten. Zum Erkennen. Klar, Faris hatte Lydia. Aber sie sah ihn nur halb. Sie sah nicht, wie sehr er die Welt hasste, seit er verprügelt wurde.

Er kam mir vor wie einer dieser Spiegel, die mir Papa gezeigt hatte, damals am Jahrmarkt. Ich war zwölf. Und hatte Angst. Vorher waren wir durch ein Labyrinth aus Spiegeln gelaufen, unsere Gruppe hatte sich unbemerkt entfernt und wir zwei wanderten Hand in Hand durch die Gänge. Papa tat so, als ob wir Detektive wären und einem gefährlichen Dieb schnappten mussten und keine Angst haben durften, sonst würde er uns entwischen. Anfangs fühlte ich mich mutig, doch als ich in diesen Zerrspiegel kurz vor dem Ausgang sah, war die Angst plötzlich da. Als ich erkannte, dass er zwar nicht genau mich selbst reflektieren konnte, aber doch genug, um mich selbst darin zu erkennen.

Ich kaute auf meinem Lippenpiercing herum, während ich überlegte, ob ich wirklich so weit gehen wollte, mich ernsthaft damit auseinanderzusetzen. Den Dieb zu fangen, der den alten Faris gestohlen hatte. Es wäre eine Chance, mit Faris ins Gespräch zu kommen. Und ich hatte ohnehin nichts Besseres zu tun. Ich war mir fast sicher, dass ihm jemand aus der Klasse das angetan haben musste. Einfach die Art, wie er immer dasaß, seit er wieder den Unterricht besuchte. Die Schultern angezogen, nicht in der Lage, sein Zittern zu verbergen. Das nervöse Kritzeln mit seinem Kuli. Wovor sollte er sonst Angst haben, in einer Klasse, die ihn schon seit drei Jahren kannte? Und - falls ich richtig lag - wieso erst jetzt, wo er nur mehr ein Schuljahr vor sich hatte? Irgendetwas musste passiert sein.

Das Theaterstück? Vielleicht gab es hier eine Verbindung. Dann war da noch Lydia, die sich ihm immer wieder zu nähern versuchte, aber stets aufs Neue abgewiesen wurde. Obwohl sie seine beste Freundin war.

Ich konnte nicht einfach auf ihn zugehen und ihn danach fragen. Zuerst musste ich herausfinden, was überhaupt passiert war. Ich steckte mir noch eine Zigarette an, ließ mich von der Schaukel fallen und machte mich auf dem Heimweg. Meine Gedanken kreisten um Erwin. Erwin, der Patrick einen Tisch gegen den Brustkorb geschmettert hatte. Erwin, dessen Freundschaft mit Patrick seit dem Theaterstück immer brüchiger zu werden schien. War er in etwas hineingeraten?

II: Erwin

Mein Herz raste durch die Dunkelheit des Schlafzimmers, zwischen der noch die Fetzen aus meinem Traum hingen. Ein Lachen, anfangs leise und tief, dann immer hysterischer. Schritte vor mir und Wimmern hinter meinen Fußsohlen. Meine Hand, die sich ins T-Shirt der Person vor mir krallt, Patricks aufgerissene Augen vor mir und zitternde Schultern auf einem Stuhl in einem leeren Zimmer.

Ich schüttelte den Kopf, um die Bilder des Albtraums zu vertreiben, aber jedes Mal, wenn ich die Augen schloss, wollten sie wieder hervorkriechen. Die Zimmerdecke lag schwer über mir. Wahrscheinlich hatte mich mein eigener Schrei aus dem Schlaf gerissen. Ich spürte, wie mir ein kalter Schauer über den Rücken lief und wickelte mich noch enger in meine vor Schweiß triefende Decke ein. Um mich abzulenken, lauschte ich, ob schon jemand wach war, aber da war nichts. Nur Stille. Ich blickte zur Leuchtanzeige am Nachtkästchen neben mir. Mein Wecker zeigte kurz vor halb fünf. Trotzdem fühlte ich mich mittlerweile hellwach. Die Angst vor weiteren Träumen hatte jegliche Müdigkeit verscheucht.

Ich stieß die Bettdecke zur Seite und öffnete das Fenster. Kalte Nachtluft wehte mir um die Nase, aber sonst war nichts zu hören. Nach einigen Minuten und ein paar tiefen Atemzügen spürte ich, wie sich das Pochen meines Herzens verlangsamte. Ich wischte mir die letzten Schweißperlen von der Stirn und dachte kurz daran, mich doch wieder hinzulegen. Die Silhouette meines Bettes zeichnete sich in der Schwärze dunkelblau ab. Aber nein, hinlegen wollte ich mich nicht mehr. Über einem umgekippten Mülleimer und meine alte, zerbrochene Gitarre stieg ich zur Tür und öffnete sie langsam, um niemandem zu wecken. Gegenüber starrte mir die rot-weiß-rote Adlerfahne entgegen, die dort schon seit meiner Kindheit hängt. Ich trat zur Tür des Schlafzimmers meiner Eltern und konnte durch die Schale meiner Hände leise, sachte Atemzüge hören. Mama schlief. Gottseidank. Auf Zehenspitzen wandte ich mich von der Tür ab und stieg die Treppe ins Erdgeschoss hinab.

An den Wänden noch mehr Bilder von angeblichen Vorfahren, viele davon in Uniform. Die Gesichter sagten mir nichts, aber mein Vater blickte in seinen wenigen nüchternen Momenten immer noch voller Stolz in deren grau schattierte Augen. Unten konnte ich unregelmäßiges Schnarchen aus dem Wohnzimmer hören. Der Geruch von stehengelassenem Bier wehte durch den Türrahmen, an denen die Dichtung wellige Bahnen zog.

An der Ecke im Hausgang versprühte das überfüllte Katzenklo mit seinen gelbgrauen Körnern einen beißenden Geruch. Mir wurde schlecht. Ich holte mir ein Glas. Das Geräusch des Wasserhahns aus der Küche schnitt durch die Stille des Hauses. Rasch drehte ich ihn wieder zu, lehnte mich an die Theke und nahm einen Schluck Wasser, der mir beinahe in der Kehle stecken blieb.

Im Halbdunkel vor mir saß Papa und grinste mich an.

Ich unterdrückte einen Aufschrei. Hustend stellte ich das Glas am Tisch ab und sah genauer hin. Ich hatte mich getäuscht. Es war nicht Papa, sondern nur seine verzerrte Reflexion. Im Halbschatten konnte ich durch die Küchentür hindurch ins gegenüberliegende Wohnzimmer sehen. Der Fernsehbildschirm spiegelte das Unterhemd meines Vaters und die an seinen massigen Körper angelehnte Bierflasche. Er schnarchte. Immer, wenn sein Bauch sich hob, schienen seine Schultern noch breiter zu werden, um kurz darauf wieder zusammenzusinken. Die mattgraue Brille hing gerade noch an seiner Nasenspitze. Aber die Erleichterung, die ich spüren sollte, kam nicht.

Ich hatte Angst. Angst davor, dass der Mann im Wohnzimmer plötzlich erwachen könnte.

Seine Spiegelung verschwand und wich einer Erinnerung.

Mein erstes Zeugnis. Ich wedelte damit, als ich an der Tür von Mama mit einer freudigen Umarmung begrüßt wurde, und ihr Zeigefinger strich meine Noten hinab. Berauschend waren sie nicht, aber alle anderen Kinder in der Klasse hatten sich auch darauf gefreut, ihren Eltern das Zeugnis zeigen zu können. Ich hopste auf meinen Füßen herum, als Mama mit dem Blatt Papier in die Küche ging und es mit den bunten Magneten an den Kühlschrank hängte.

- Super gemacht, Erwin. Ich bin wirklich stolz auf dich.

Doch ihr Lächeln verschwand, als sie aus dem Nebenzimmer ein Grummeln hörte. Sie stellte sich vor mich, sodass sie zwischen mir und der gläsernen Küchentür stand. Papa stapfte gähnend ins Zimmer. Er stank.

- Wie geht es dir?

Ein unwilliges Geräusch entwich seinen Lippen und er langte nach der Zeitung. Seine Finger rasten durch die Stellenausschreibungen, während er vor sich hinmurmelte. Fünfzehn Jahre in der Firma, und auf einmal weg. Einfach so. Zack. Seine Hände rissen schon fast am Papier und die müden Augen schienen die vorbeifliegenden Worte nicht mehr zu erkennen, bis er die Zeitung mit einem Grunzen zerriss und ihre Fetzen zu Boden schwebten. Mama begann, sie aufzulesen.

- Erwin hat heut' sein Zeugnis bekommen.

Papa sah Mama an, wankte zum Kühlschrank, auf den sie deutete, während ihre Hände Papierfetzen aufklaubten. Er blieb stehen, las schwer atmend das ganze Blatt von oben bis unten. Und dann donnerte seine Faust gegen die Kühlschranktür.

- Und, freust du dich?

Ich glaubte, dass seine Frage an mich gerichtet war, und nickte. Ich hatte Angst. Mamas Kleid fühlte sich weich an zwischen meinen Fingern. Weiß gepunkteter, beiger Stoff.

- Ob du dich freust, hab' ich gefragt!

Mama nickte, und das Kleid zog sich aus dem Griff meiner kleinen, klammernden Finger.

- Ja. Ja, ich freue mich für ihn. Und du?

Das Geräusch von reißendem Papier schnitt durch die Luft des von der Mittagssonne erhellten Küchenzimmers. Staubflocken tanzten von der Stelle, auf die die Stücke meines zerfetzten Zeugnisses fielen.

- Warum sollte ich darauf stolz sein? Kein einziges „Sehr gut", Verhalten: „Zufriedenstellend".

- Sei still. Er hat sein Bestes gegeben. Nicht wahr, Erwin?

Aber ich sagte nichts. Meine Fersen stießen an die angelehnte Tür und ich griff nach der Klinke, meinen Vater kein einziges Mal aus den Augen lassend. Das Sonnenlicht verwandelte seine Brillengläser in glimmende Punkte ohne Pupillen, und die Stoppeln des Bartes darunter zitterten. Endlich. Die Klinke. Ich trat zurück, die Glastür schloss sich vor mir und ich konnte nur noch sehen, wie Mama unter diesen massiven, wütenden Schultern versank, ihr weiß gepunktetes, beiges Kleid an sich pressend.

Ich stand wieder in der Küche, Jahre später, und starrte im Halbdunkel auf die bunten Magnetknöpfe an der Kühlschranktür, die nun nur mehr nutzlos daran klebten. Ich fühlte mich schwach. Schwach und nutzlos.

Dann fiel mir wieder ein, wie ich Faris zu Boden gedrückt hatte. Der stechende Schmerz in meinem Knie, der von kurzem Aufflackern von Triumph und Macht verhüllt wurde. Doch etwas war komisch daran. Ich konnte die Verzweiflung in Faris' Augen nicht mehr abschütteln. Und dann, nur für einen kurzen Moment, sah ich Patricks kaltes Lächeln im Schwarz des Fernsehbildschirms.

III: Patrick

„Ich wollte dir das Essen gerade aufs Zimmer bringen."

Meine Worte schienen an ihm abzuprallen. Er humpelte zielstrebig zum Esstisch und ließ sich nieder. Sein Atem wurde langsamer, während er versuchte, einen perfekten rechten Winkel zwischen seinem Löffel und der Kante des Tisches herzustellen. Wortlos schob ich ihm den Teller dampfender Suppe hin.

„Ich habe mich doch schon den ganzen Sommer lang in meinem Zimmer verschanzt, oder nicht?", sagte er. "Das reicht."

Hinter seinen Augen erhaschte ich das altbekannte Blitzen, das mich an diesen einen Tag im Kino vor so vielen Jahren erinnerte, als Mama noch bei uns gewesen war. Genüsslich sog er den Geruch der Zwiebeln und Karotten, die in der dicken Masse umher dümpelten, durch die Nasenlöcher ein.

„Riecht gut."

Er führte den dampfenden Löffel zu seinem Mund. Die Suppe verfing sich in seinem Schnauzbart und verdeckte die silbergrauen Stoppeln.

„Papa, pass doch auf", lachte ich. Aber Papa ließ sich nichts vormachen. Er war einer dieser Menschen, die ständig ihren Weg gingen und sich nur selten durch eigene oder fremde Zweifel davon abbringen ließen. Zufrieden fuhr er mit seiner Zunge durch den Bart.

„Schmeckt auch gut."

„Aber bist du wirklich schon fit genug?", fragte ich. „Du bist ja nicht ohne Grund in den Krankenstand gegangen. Wenn dir nochmal solche Typen begegnen..."

„Das gehört zum Job, Junge. Und ich fühle mich schon länger fit genug, um deine Frage zu beantworten. Seit dem Spontaneinsatz in der zweiten Septemberwoche. Donnerstag, glaube ich."

Unruhig rutschte ich auf meinem Stuhl hin und her.

„Der mit dem anonymen Anruf?", fragte ich, obwohl ich die Antwort darauf schon genau wusste.

„Ja, genau der. Würde mich immer noch interessieren, wer da genau mich anruft, anstatt einfach 133 zu wählen. Vielleicht geistert meine Nummer irgendwo herum. Der freundliche Beamte aus der Nachbarschaft, oder wie war das?"

Ich starrte in meine Suppe und versuchte, mir nichts anmerken zu lassen. Faris regungsloser Körper am Boden, die blutende Wunde an der Stirn. Wir hatten das Richtige getan. Definitiv. Aber ich glaube nicht, dass Papa hier mit mir einer Meinung wäre.

„Naja, Hauptsache, ihm ist nichts Ernstes passiert. Er wird schon was draus gelernt haben."

„Er geht doch in eure Klasse, oder? Der persische Junge, Faris?"

„Saudi-arabisch", korrigierte ich. „Aber ja."

„Und was hätte er daraus lernen sollen, deiner Meinung nach?"

„Das fragst gerade du? Du hast doch selbst erlebt, wohin so was führen kann!"

„Was ich erlebt habe, ist unerwarteter Widerstand im Einsatz. Mehr nicht."

In Gedanken sprang ich fünfeinhalb Monate zurück. Mitte April, in der Sechsten. Kurz nach zwei Uhr morgens. Meine Finger klammerten sich ans Telefon, aus dem mir eine Frauenstimme erklärte, dass Papa heute nicht nach Hause kommen könnte. Dass sie ihn auf die Intensivstation gebracht hatten. Dass er von einer Gruppe vermutlich südländischer Drogendealer überfallen worden war, kurz vor seinem Schichtwechsel am Hauptbahnhof.

Drei Wochen später konnte Papa zumindest nach Hause kommen, auch wenn sie ihn gerne länger behalten hätten. Aber er hasste Krankenhäuser, und sein Sturschädel war stärker als ärztliche Empfehlungen. Das Essen war immer das Erste, über das er sich beschwerte, selbst bei meinem fünfzigsten Besuch – er fing stets aufs Neue an, darüber zu meckern. Die Krücke, das einzige Mitbringsel aus dem Krankenhaus, lag angelehnt am Türrahmen, und ich würde darauf wetten, dass er in seinem Kalender schon den Countdown bis zu dem Tag abzählte, an dem er endlich auch dieses letzte Erinnerungsstück wieder loswerden durfte.

„Unerwarteter Widerstand? Mehr Eindruck hat das nicht auf dich gemacht? Du meinst, du willst morgen wieder zur Arbeit gehen, mit dem Wissen, dass so etwas gleich am ersten Tag noch einmal passieren könnte?"

„Moment mal. Ich verstehe immer noch nicht, was genau Faris daraus lernen sollte, abends am Sportplatz verprügelt zu werden."

„Dass man sich hier bei uns einfach zu benehmen hat."

Papas Augenbraue wanderte seine Stirn hinauf. Ich haderte nach passenderen Worten. Die Wahrheit ist, ich habe Angst. Angst, dass er herausfinden könnte, wer hinter dem Angriff auf Faris steckt, aber noch mehr Angst, ihm nicht klarmachen zu können, worum es mir dabei ging. Angst vor dem nächsten Anruf einer gesichtslosen Frauenstimme, kurz nach zwei Uhr morgens.

„Ich meine, klar war es eine scheiß Aktion. Sicher nicht fein für ihn. Aber stell dir vor, diese Marokkaner, die dich zusammengetreten haben, hätten so eine Erfahrung gemacht. Ich glaube nicht, dass sie dann überhaupt auf die schiefe Bahn geraten wären."

„So wie ich jetzt auch brav aufhören werde, Polizist zu sein? Innere Überzeugungen sind stärker als Schläge, Patrick. Und es hätten genauso gut österreichische Jugendliche sein können, das ist dir auch klar, oder?"

„Waren sie aber nicht. Schau, ich will hier ja nicht das Österreichische Großreich ausrufen. Aber ich glaube, dass mein Gedanke nicht so weit von der Wahrheit entfernt liegt. Vielleicht kann er dir helfen, die Kriminalitätsrate zu senken. Denk mal drüber nach."

„Hör zu, Junge. Das vorher war nur ein Witz. Ich bin nicht Captain Batman oder Wondercop oder sonst einer deiner Marvel-Kaschperln. Ich bin Polizist, und ich mache meinen Job. Wenn ich ein

Verbrechen sehe, versuche ich, es zu verhindern, ganz gleich, ob der in einer Lederhose daher springt oder eine Rabbi-Robe trägt."

Er hielt kurz inne, und seine Augen schienen hinter die zugezogenen Vorhänge des Esszimmers zu sehen. Seine Finger zwirbelten an seinem Schnauzbart.

„Der einzige Gedanke, der mir bei der Arbeit immer wieder aufs Neue begegnet, ist der: Das Böse kann man in jedem Menschen finden, wenn man es nur richtig hervorlockt. Denk da mal drüber nach. Und danke für die Zwiebelsuppe."

Mit einem Ruck war er wieder auf den Beinen, humpelte zu seiner Krücke und machte sich auf den Weg in sein Schlafzimmer.

IV: Stephanie

Ich schloss die Augen und versuchte, mich an alles zu erinnern, was seit dem Beginn meiner Nachforschungen passiert war. Ich durfte jetzt keine falschen Schlussfolgerungen ziehen.

Meine Finger trommelten auf dem noch leeren Blatt Papier herum. Ich schrieb die vier Namen untereinander auf und notierte Stichwörter.

Faris und Lydia sprachen seit einer Woche überhaupt nicht mehr miteinander. Manchmal suchte sein Blick sie und ihr Blick ihn, aber getroffen hatten sie sich in dieser Zeit noch nie. Sie schwiegen beide, aber doch jeder für sich selbst.

Ein Teil von mir sehnte sich danach, dass Faris etwas von meinen Nachforschungen mitbekommen würde. Einfach als Zeichen dafür, dass er nicht allein auf der Welt war. Dass Lydia nicht die Einzige war, die ihm helfen könnte. Der andere, leicht vernünftigere Teil meinte, dass ein 'Hey, Stephanie, oder? Echt cool, wie du versuchst, unauffällig herauszufinden, wer mich verprügelt hat!' seinerseits eine ziemlich miese Detektivin aus mir machen würde.

Patrick und Erwin sprachen ebenfalls nicht mehr miteinander. Oder besser gesagt, Erwin versuchte, nicht mehr mit Patrick zu sprechen. Sein Freund aber war hartnäckig. Nach der letzten Stunde hatte ich mich nach der Schule an Erwins Fersen geheftet.

Immer darauf bedacht, nicht aufzufallen, hing ich an seinem Schatten, ein flatterndes Zeitungsblatt über dem von den Überresten des morgendlichen Schneeregens noch glitzernden Asphalt.

Ich hatte die Kopfhörer auf, aber nicht eingeschalten, den Kopf zu Boden gesenkt. In einer Hand hielt ich mein Handy. Immer wieder warf ich Blicke nach vorne, um sicherzugehen, dass ich mein Ziel nicht aus den Augen verlor. Erwin schlenderte vor sich hin, die Hände vergraben in den Taschen seines Wintermantels. Er schien keine Eile zu haben.

Plötzlich rauschte das Surren von Speichen und getretenen Pedalen an meinem Ohr vorbei. Es war Patrick. Er trat tief in die Pedale und holte mein Ziel vor mir ein. Ohne zu zögern, wuchtete er das Fahrrad quer auf den Gehsteig und zwang Erwin, anzuhalten. Ich beschleunigte meine Schritte und kam hinter einem Mülleimer in ein paar Metern Entfernung von den beiden zum Stillstand. Meine Augen fixierten die Reihenhaussiedlung auf der anderen Straßenseite, doch mein Ohr war auf die beiden gerichtet, bereit, jedes Wort aufzuschnappen. Ich hörte meinen Atem. Ich hörte das Blut in meinen Ohren. Ich hörte das Knistern aus meinen lose baumelnden Kopfhörern. Ich hörte Erwins Schuhe im ausgestreuten Salz scharren. Ich hörte die Brise, welche über die abgestorbenen Äste strich. Ich hörte Patrick vom Fahrrad abspringen. Und dann hörte ich ihre Worte.

„Was willst du hier? Verzieh dich einfach."

„Ich will mit dir reden, Mann. Einfach nur reden."

„Ich wüsste nicht, worüber."

„Über den Zehnten. Ich merk' doch, dass dich das fertigmacht."

Meine Knie schlugen klappernd gegeneinander.

„Das kann dir doch egal sein. Für dich geht das Ganze doch in Ordnung. Du hast ja nichts falsch gemacht."

„Nein, habe ich nicht. Es war das Richtige, okay?"

„Wenn Schneider davon erfährt, oder dein Vater..."

„Werden sie nicht. Keine Angst."

„Mach, was du willst. Ich will nicht mehr darüber reden, und wenn du das auch nicht mehr willst, dann ist ja alles in Ordnung."

„Du warst doch früher nicht so drauf."

„Glaubst du echt, mich interessiert dein Scheiß? Verpiss dich."

„Wenn das so ist."

Patrick sprang wieder aufs Rad und steuerte auf mich zu. Rasch schnappte ich meine Kopfhörer und begann, in mein Handy zu tippen. Ich spürte den Windzug und sah seinen Schemen an mir vorüberziehen. Seine Augen lagen blank am Ende der Straße. Der Zehnte. Das war der letzte Tag, an dem Faris noch unversehrt in der Schule gewesen war. Der Tag des Theaterstücks. Und Erwin war definitiv in das Ganze verwickelt, so viel stand nun fest. Aber was war an dem Abend genau passiert?

Faris weiß es, wisperte etwas Böses in mir. Faris weiß es, aber er will es mit niemandem teilen. Was du machst, hat keinen Sinn. Hör auf. Passiert ist passiert. Du kannst keinen Vorteil aus der Sache ziehen. Er wird dir nie gehören. Du bist allein.

Das Krachen der Haustür riss mich aus meinen Gedanken. Mama war gerade heimgekommen. Aber ich rechnete nicht damit, dass sie auf mein Zimmer kommen und Hallo sagen würde. In zehn Minuten würde sie vor ihrem Laptop sitzen, daneben ein Erdnussbuttersandwich und ein Glas Rotwein.

Meine Noten passten bisher, wie eben in der alten Schule auch. Also gab es keinen Grund für sie, mir Hallo zu sagen. Keine Beschwerden von Lehrern. Kein Wickel mit den Mitschülern. Keine Drogen, keine frechen Sprüche. Stephanie, die Musterschülerin. Neue Schule – kein Problem. Neue Wohnung – klaro. Keine Freunde – alles im Lot.

Nur eine klitzekleine Verwicklung in eine Detektivgeschichte, und dieser Junge, der mir nicht aus dem Kopf gehen wollte. Das Böse war verstummt. An seine Stelle war eine eiserne Entschlossenheit getreten. Ich hatte damit angefangen, also musste ich zumindest versuchen, es zu Ende zu bringen. Wenn schon nicht wegen Faris, dann zumindest wegen mir. Das Spiegellabyrinth zu Ende gehen, vorbei am Zerrspiegel, hinaus aus der Angst. Mein nächster Schritt war klar. Ich musste herausfinden, wo Erwin und Patrick am Abend des zehnten Septembers gewesen waren.

V: Erwin

Der Weg zur Schule schien länger als sonst. Stimmen zerrten mich zurück in die vergangene Nacht, meine Schritte waren zu langsam, um ihnen zu entkommen. Lange konnte es so nicht mehr weiter gehen. Sollte ich Patrick erklären, was wirklich los war?

Ich dachte an unsere Volksschuljahre, an Nachmittage mit schaffbaren Mathehausübungen und Wasserschlachten im Garten. Seine Mutter und meine hatten sich im Krankenhaus kennengelernt, und die Freundschaft der beiden brachte ihn und mich zusammen. Bis zu dem Tag, als Patricks Mutter plötzlich mit kahlem Kopf in unserer Haustür auftauchte und Mama zu weinen begonnen hatte. Die Diagnose, Chemo und die müden Monate danach, alles Puzzlestücke, die ich erst Jahre nach der Beerdigung verstanden hatte. Ich musste mit ihm darüber reden. Heute Nacht hatte ich endlich bemerkt, was sich in mir sträubte, dieses seltsame Gefühl, das den Trotz und die Wut Tag um Tag stärker zu Boden schrie und Übelkeit beim Gedanken an Patricks kaltes Grinsen erzeugte.

Der gestrige Abend kam zurück. Vor mir sah ich wieder Papas höhnisches Grinsen, als er das zerfledderte Drehbuch zu Schneiders Theaterstück in seinen Wurstfingern hielt.

„Ein Theaterstück? Erwin will Theater spielen?"

„Ich will nicht Theater spielen! Es ist ein Schulprojekt!"

„Einen größeren Schwachsinn habe ich noch nie gehört. Das ist Gehirnwäsche, mehr nicht. Nur weil die Politik die Flüchtlingskrise nicht in den Griff bekommt, sollt ihr euch auf einmal freuen, dass irgendein Pack mit ganz anderer Kultur sich hier ausbreitet, um bei uns zu schmarotzen."

„Ich habe mir das Projekt nicht ausgesucht, okay?"

„Reiß dich zusammen. Lass dich nicht blenden. Die haben keine Moral. Die wollen nur unseren Wohlstand. Ein Grenzzaun und ein paar dutzend Wachtürme, und wir hätten viel weniger Probleme. Wegen solchen Aktionen werden wir uns bald keine Kinder mehr leisten können, Junge. Dieses ganze Pack-"

„Als ob du jemals Kinder wolltest", flüsterte Mama, und in der Küche wurde es still.

Als sie meinen Blick traf, brach sie zusammen.

„Nein, Erwin, es tut mir leid. Das war nicht so gemeint. Ich liebe dich, es hat nichts mit dir zu tun."

„Mit wem dann?" donnerte mein Vater.

Mamas Stimme wurde zittriger, aber sie sagte, was sie sagen wollte. Ich wünschte, sie hätte es nicht getan. Wirklich. Sie hätte einfach still sein sollen.

„Verrat' du es mir doch. Ich weiß nur, dass ich seit fünf Jahren Vollzeit arbeite, und du dir um zehn dein erstes Bier aufmachst, nur, weil es irgendwen gibt, der deinen Job besser auf die Reihe bekommen hat als du selbst."

Papa wurde ruhig. Er stand auf und wankte aus der Küche. Als er ihr im Vorbeigehen die Hand auf die Schulter legte, zuckte sie zusammen.

„Ich bin beim Fernsehen", sagte er nur.

Ein paar Stunden später lag ich im Bett und starrte auf die Decke. Ich wollte nicht zittern, aber Schauer um Schauer fuhr durch meine Gelenke und ließ sie trotz der aufgedrehten Heizung und dem geschlossenen Fenster klappernd gegeneinanderschlagen.

Vor der Tür wurde das Geschrei immer lauter. Nicht irgendein Geschrei aus dem Fernseher. Keine Freudenschreie, sondern das Geschrei, dass mich schon seit Jahren verfolgte. Papas Geschrei.

„Mach auf, du Schlampe! Feige Sau!"

Die Faust schlug gegen die Tür des Schlafzimmers, wieder und wieder. Mein Wecker zitterte bei jedem Schlag, und der Kugelschreiber daneben rollte immer näher zur Kante des Nachtkästchens. „Fein! Versteck dich doch! Versteck dich und verreck' da drinnen, Scheißschlampe! Ich bring dich um! Ich bring dich um!"

Zwischen den Schlägen war nur ein leises Schluchzen zu hören.

Und dann nichts mehr.

Ich wischte mir über die Augen, als ich in die Straße einbog, an der unsere Schule lag. Etwas prallte gegen mich, ich zuckte zurück und erkannte ein Mädchen mit weißblonden Haaren. In ihrem Mund steckte eine Zigarette, die durch unseren Zusammenstoß entzweigerissen worden war.

„Scheiße!", fluchte das Mädchen. „Kannst du nicht-"

Doch dann sah sie mich und verstummte. Ich stand einfach nur da, unschlüssig, verwirrt. In Gedanken noch nicht hier, immer noch daheim im Dunkeln, Schläge und Flüche in meinem Ohr.

„Du bist in meiner Klasse, oder?", fragte sie, die Augenbrauen zusammengezogen.

„Erm, ja", haspelte ich. Ich sah die andere Hälfte der Zigarette. am Boden liegen und bot ihr eine von meinen an.

„Danke."

Wir rauchten beide in die Morgendämmerung hinein.

„Ziemlich bescheuert, diese Aktion mit dem Theaterstück, oder?", sagte sie plötzlich.

„Naja, hat schon Schlimmeres gegeben. Sei froh, dass du letztes Jahr nicht dabei warst, als wir das Stadtmagistrat besucht haben."

„Ich weiß nicht, ich habe das Drehbuch gleich an dem einen Donnerstagabend in die Ecke geworfen. Liegt heute noch dort."

Ich lachte halbherzig, doch sie schien auf etwas anders zu warten. Irgendwas in ihrem Blick machte mich stutzig. Da war etwas. Etwas Lauerndes.

„Such dir halt irgendetwas aus, das wenig Arbeit ist. Vielleicht kannst du noch bei der Technik helfen oder passende Songs aussuchen. Wenn du nichts machst, fällst du beim Schneider durch, das ist dir klar, oder?"

„Vielleicht. Aber ich find' es trotzdem unnötig, dass wir so ein Stück aufführen müssen", murmelte sie beiläufig und blies Rauch durch ihre Nasenlöcher. Ein schwarz-silbernes Piercing hing vom rechten Nasenflügel. Irgendwie machte sie mich zornig.

„Das Stück ist zwar Arbeit, aber die Message ist nicht schlecht", sagte ich. „Besser als nichts tun, finde ich zumindest. Aber mach, was du willst."

Ich schob mich an ihr vorbei. Ihr Blick folgte mir noch weiter, die Treppe zum Schultor hinterher. *Gleich an dem einen Donnerstagabend.* Und das Lauernde. Als wollte sie fragen... nein. Ich kannte sie nicht einmal beim Namen. Irgendwas mit C oder S, glaube ich. Und doch... *Was hast du an diesem Donnerstagabend gemacht?*

Das Ganze war Patricks Idee gewesen, sagte ich mir. Ich konnte daran nichts mehr ändern. Patrick setzte seine Ideen immer um. Aber ich wollte damit nichts mehr zu tun haben. Ich konnte nicht zusehen, wie mein bester Freund und der Mann, der meine Mutter schlug, einer Meinung waren. Ich musste meinen eigenen Weg finden, dachte ich mir. Ohne in diese Scheiße hineingezogen zu werden.

VI: Patrick

Die Marvel-Poster an der Wand schimmern bleich im Licht des Computerbildschirms. Der Mauszeiger wanderte auf die kleine rote Eins in der rechten oberen Ecke meines Browsers.

Aaron UndSo hat dich zur Veranstaltung „Theater gegen Hass. Aufgeführt von der 7D des Haider-Gymnasiums" eingeladen. Er hatte sich dafür bereit erklärt, neben seiner Rolle als Tom Schönborn die Aktion auch noch zu bewerben. Das Titelbild zeigte ein Foto, das Viktor während der letzten Probe geschossen hatte. Der Saal im Halbdunkel, Aaron selbst und Selin kostümiert auf der Bühne, mit schmerzvoll-sehnsüchtigen Blicken aneinandergeheftet.

Das Ganze ist ein Witz, sagte ich mir. Eine Komödie von Regisseuren, die schon längst gestorben waren und doch immer noch die Ansichten junger Menschen verqueren.

Man kann doch nicht zu allem ja sagen, sagte ich mir. Mein Newsfeed quoll über vor Berichten über den Krieg, über Pläne, Schlepperboote zu zerstören und Länder, die beschlossen hatten, Nein zu sagen, aus Angst vor Terror, aus Angst vor Fanatikern, aus Angst vor einer Entvölkerung.

Man sollte doch auch auf seine Angst hören, sagte ich mir. Wenn es dunkel geworden war, musste man ohnehin schon genug aufpassen. Auf kriminelle Schlägertruppen, Bomben in Schulen oder Krankenhäusern oder auf einen religiösen Krieg, alles Dinge, die durch offene Grenzen gelangen konnten. Von Krankheiten ganz zu schweigen. Gerade jetzt. Gerade in dieser Zeit, in der die Leistung der meisten Politiker damit getan ist, mit ihren fetten Ärschen die Basis des Parlaments zum Knarzen zu bringen.

Man kann das Böse in jedem Menschen finden, sagte mein Vater zu mir. Also auch innerhalb der Grenzen? Ich dachte an Erwins Vater. Er sprach nicht oft von ihm, aber in letzter Zeit wäre ich froh, wenn er überhaupt mit mir sprechen würde. Wütend klappte ich meinen Laptop zu und warf mich ins Bett, das trotzig aufknarzte. Ich wünschte, ich hätte Papas Zuversicht. Sein Vertrauen in die Menschheit und in eine Welt, die ihm schon Mama genommen und ihn selbst monatelang ans Bett gefesselt hat.

Da kam er mir wieder mit einem Mal so blind vor, so gutgläubig, dass sich meine Daumennägel ins Fleisch der Zeigefinger gruben, immer tiefer, bis ich vor Schmerz aufkeuchte. Er war von *denen* krankenhausreif geschlagen worden, verdammt nochmal. Während sie mit Gras dealten, das wahrscheinlich mit verbrannten Gummireifen und ausgerissenen Haaren gestreckt worden war. Und wir sollen uns um die kümmern? Was haben sie *uns* gebracht, außer Angst? Selbst Faris würde so etwas nie tun. Zumindest jetzt nicht mehr. Glaubte ich. Wollte ich glauben. Musste ich glauben. Denn die Alternative war Verunsicherung, Chaos, eine bleierne Masse anstatt einer klaren Unterteilung in Schwarz und Weiß. Wenn das Böse in jedem Menschen gefunden werden kann, muss es Richtlinien geben, die in der Lage sind, das Böse auszugrenzen. Wachtürme.

Stacheldrahtzäune. Faustschläge in die Magengrube. Die Welt ist voll von Bösem. Unser letzter Krieg ist bald achtzig Jahre her, und der nächste steht schon vor der Haustüre. Arthur Schnitzler meinte mal, die Welt sei gerade schlecht genug, um nicht zusammenzubrechen. So etwas in der Art. Herr Schneider könnte es sicher besser erklären. Ich sehe es nur. Auf den Straßen, in den Zeitungen, an den Börsenmärkten, sogar bei einem Bier am Balkon, überall konnte man die Risse in ihrer Oberfläche sehen, die jeden Tag breiter zu werden schienen. Keine Ahnung, wie meine Welt in fünfzig, sechzig Jahren aussehen wird. Wenn Papa alt und grau und im Rollstuhl ist. Oder schon unter der Erde. Ich weiß nicht, ob die Welt, die ich jetzt sehen kann, noch mehr sein wird als bloß eine traumgleiche Erinnerung.

Ich will nicht, dass es eine Welt wird, in der man Angst haben muss, sobald es dunkel geworden ist. Irgendetwas musste getan werden, um sie zusammenzuhalten. Ordnung muss sein. Sicherheit muss sein. Eine Kultur muss sicher sein. Eine Kultur muss ordentlich sein.

VII: Stephanie

Der Schnee brach sich unter meinen Füßen. Knisternd grub sich das Profil der hohen Winterstiefel tiefer in ihn hinein und hinterließ Erdkrumen und schlierigen Schlamm. Die Straßenlaternen begannen, hinter mir auszugehen, der Morgen wurde langsam grau.

Ein Mann kam mir entgegen. Falten hingen von seinem Gesicht und das Licht hinter seinen müden Augen war nur noch ein Schimmer unter der Krempe seines filzigen Schlapphuts. Über seine Grimasse zog sich ein gebrochenes Lächeln, zwischen dem Zähne wie Grabsteine in die Höhe ragten und Bartstoppeln sich verblichen in alle Richtungen krausten. Sie könnten einst silbrig geglitzert haben, unter Augen, in denen ein Gewitter tanzte. Doch wie sein Lachen war auch er gebrochen, der alte Mann mit Schlapphut, den ich nicht kannte und nie kennen würde. Er ging mit schleppenden Schritten, als würde ihm seine Ruhelosigkeit in den Nacken peitschen, im verzweifelten Kampf gegen die Gleichgültigkeit. Die einst gebräunte Haut war nun von Pocken übersät und strömte ihren fauligen Geruch in den Morgen hinein. Löcher zierten die Ärmel seines Mantels, aus denen Finger mit eingewachsenen Nägeln den letzten Rest seiner Hutkrempe umklammerten. Eine schwarze Warze klebte an seiner Unterlippe, über die stoßweise die letzten Rauchwolken in den Himmel flossen. Ich fragte mich, wie er hier gelandet war. Nicht hier bei mir, sondern wo er vorher gewesen war. Was er durchgemacht haben musste. Was andere ihn durchmachen haben lassen.

Er blickte mich an. Hinter seinen Pupillen glomm noch ein Hauch von Leben, als er auf meine Zigarette zeigte. Und dann, mit einem Mal, erkannte ich ihn. Er war Faris. Nicht der Faris aus meiner Klasse, dafür war er viel zu alt. Aber einer wie Faris. Einer, der anders behandelt wurde, obwohl alle anderen auch anders waren. Einer, gefangen zwischen sich selbst und der Welt. Einer, von dem es Millionen gab. Einer, in den sich die bittere Notwendigkeit der Erlösung wie eine Pfeilspitze grub. Ich reichte ihm eine Handvoll Kupfermünzen und wünschte ihm einen schönen Tag. Dann wollte ich ihm meinen Mantel schenken, aber er winkte ab. „Su chlein", sagte er. „Su klein. Danke, liebe Mädchen. Danke."

Es war der längste Vormittag meines Lebens. Heute hatten wir noch zwei Stunden Informatik am Nachmittag. Die Lehrer nannten es immer noch „Maschinschreiben", selbst wenn die letzten Schreibmaschinen schon vor Jahrzehnten ausrangiert worden waren. In den Mündern bleibt die Vergangenheit, hatte mein Vater einmal gesagt. Menschen sind faul. Münder sind träge. Aber kein Mund der Welt konnte träger als diese Physikstunde sein. Der Lehrer, ich kannte seinen Namen immer noch nicht, bin mir nicht einmal sicher, ob er ihn uns irgendwann verraten hat, las seit der ersten Unterrichtsstunde von seinem Skriptum ab, ohne aufzublicken. *Keine Zeit für Fragen, ich bin ein Roboter des Staatsapparats und werde euch jetzt etwas über Statik beibringen. Damit ihr dann später einmal zuhause vorm Computer mit einem Glas Rotwein sitzen und eure eigenen Kinder vergessen könnt. Keine Zeit für Fragen, ich bin ein Roboter des Staatsapparats, und werde euch jetzt etwas über Macht beibringen. Damit ihr dann später einmal den Ameisenhügel am Laufen halten und eure eigenen Ziele vergessen könnt.* Aber nicht einmal mein Hass gegen den Roboterlehrer schaffte es, die Zeit schneller vergehen zu lassen. Noch zwölf viel zu lange Minuten bis zur Mittagspause. Noch zwölf viel zu kurze Minuten, in denen ich mir überlegen konnte, wie zur Hölle ich ihn ansprechen wollte.

„Hey, Faris..."

... ich würde dir gerne helfen?

... machen wir Erwin und Patrick einfach fertig?

... du solltest mir einfach sagen, was los ist?

... ich glaub', ich hab' mich in dich verliebt?

Alles davon klang lächerlich in meinen Ohren. Naja, immer noch besser als 'Wie geht es dir?'.

Niemand beantwortet die Wiegehtesdir-Frage ehrlich, und niemand erwartet eine ehrliche Antwort. Vor allem, wenn man vorher noch kaum ein Wort gewechselt hat. Aber Faris konnte die Frage nur ehrlich beantworten. Nicht mit seinen Worten, aber die letzten Wochen wären Antwort genug.

Die Schulglocke schrillte, und mein Herz begann zu rasen. Gesichter schossen an mir vorbei, liefen hinaus auf die Gänge und zu den Raucherbereichen, doch ich wusste, wenn ich nun ginge, würde ich draußen den Rest meiner Packung wegrauchen, um nur kein Wort mit Faris wechseln zu müssen.

Ich hatte immer noch nichts Handfestes herausgefunden. Ich hatte nur das, was ich gehört habe, aber keine Beweise. Vielleicht sollte ich noch warten. Vielleicht sollte ich jetzt einfach durch die Tür gehen, anstatt ihm in seinen eingefallenen Nacken zu starren. Außer uns war niemand mehr in der Klasse. Schultaschen lagen über den Boden verstreut, zwischen denen ich langsam, mit leisen Schritten, auf ihn zu stapfte.

„Hey, Faris", sagte ich.

Er blickte mich an. Seine Miene war ausdruckslos, eine Wüste der Gleichgültigkeit, in der zwei alte Augen langsam austrockneten. Das Rasen in meinem Brustkorb war verschwunden und einer sich immer fester um mein Herz schließenden Faust gewichen. Ich öffnete meinen Mund, und der Knoten löste sich ein wenig.

„Wie geht es dir?", fragte ich.

VIII: Erwin

Fünf Tage, ohne auch nur ein Wort mit ihm gesprochen zu haben. Ich konnte mich nicht mehr daran erinnern, wann Patrick und ich das letzte Mal so wenig Kontakt hatten. Mein Tagesablauf sah momentan folgendermaßen aus:

- Aufstehen
- Müsli essen
- von Papa angemotzt werden
- Mama einen schönen Tag wünschen
- Zur Schule gehen
- „Lernen"
- Nach Hause gehen
- Mama sagen, dass mein Tag schön war
- Papa ignorieren
- mich in mein Zimmer verkriechen
- Schlafen
- aus Albträumen aufwachen
- Weiterschlafen
- Aufwachen

Hatte schon spannendere Zeiten. Patrick ging es aber nicht viel anders, glaube ich. Obwohl, vielleicht war es ihm auch vollkommen egal. Er hatte seine Versuche, mich in ein Gespräch zu verwickeln, mittlerweile aufgegeben. Jetzt saß er meist einfach hinter mir, ich saß einfach vor ihm und wir sahen uns einfach nicht an. Das Mädchen (Stephanie heißt sie, hab' doch gewusst, es war etwas mit S) hatte mich nie wieder angesprochen. Ich sah sie manchmal beim Rauchen. Und manchmal bei Faris. Lydia schien darüber nicht gerade erfreut. Ich wusste nicht, welche Ziele Stephanie verfolgte – wahrscheinlich hatte sie einfach einen Stand auf Faris –, aber ich hoffte wirklich, dass Faris den Mund halten würde. Auch wenn ich es verdient hätte, dafür bestraft zu werden.

Ich wusste immer noch nicht, wieso ich mich von Patrick da reinziehen hatte lassen. Ich meine, wir waren seit der Volksschule befreundet, und die Klassenopfer hatten meistens wir bestimmt. Ich fühlte mich sicher bei Patrick. Ich hatte keine Angst vor ihm. Und wenn wir jemanden verprügelten, naja – dann war das ein Zeichen für mich, dass ich nicht der miese Schwächling war, den mein Vater immer aus mir machen wollte. Nur, irgendwann in den letzten beiden Monaten hatte es Klick gemacht. Und seitdem konnte ich mir kaum noch in den Spiegel schauen. Faris' Gewimmer riss mich fast jede Nacht aus dem Schlaf.

Im Hinterkopf spielte ich immer häufiger mit dem Gedanken, Faris irgendwie eine Wiedergutmachung anzubieten, aber viel weiter als bis zur bloßen Idee kam ich nie. Ich hatte keine Ahnung, wie ich das wiedergutmachen sollte. Einfach entschuldigen? Ihn mit Stephanie verkuppeln? Patrick eine reinhauen? Mir selbst eine reinhauen?

Die Ideen wurden immer lächerlicher. Sie folgten mir bis zur Haustür. Aber als Mama öffnete, war für einen Moment alles andere vergessen.

Diesmal grüßte ich sie nicht. Ich starrte sie nur an, ging hinauf in mein Zimmer, hatte immer noch nicht ganz begriffen, was ich gerade gesehen hatte, was heute Morgen noch passiert sein musste, wieso ich ihn nicht schon längst totgeschlagen habe, wieso sie noch bei ihm blieb, was zur Hölle ich jetzt machen sollte, warum ich seit Stunden in meinem Zimmer sitze, und nicht schon längst runtergehe und wieso ich auf diese einfache, offensichtliche Idee noch nicht gekommen war. Ich öffnete die Tür und ging hinunter in die Küche. Vater war nicht zu sehen. Mama stand an der Spüle mit dem Rücken zu mir.

„Wenn so etwas noch einmal passiert, hol ich die Polizei."

Das Schnarchen aus dem Wohnzimmer drang in die Küche und vermengte sich dort mit dem Dröhnen des Geschirrspülers und dem regelmäßigen Schrubben des Topflappens in der von Spülmittel und Wasser triefenden Hand meiner Mutter. Ihr Schniefen war kaum zu hören. Sie sagte nichts. Ihr Schweigen machte mich noch wütender, aber nicht auf sie.

„Nein, vergiss es – ich rufe jetzt die Polizei!", schnaubte ich und stieß mich von der Kühlschranktür, an die ich mich vor gerade noch zwei Sekunden gelehnt hatte, ab. Ich hatte es satt. Ich hielt unser Haustelefon schon in Händen, als Mama sich umdrehte und mich anstarrte.

Blaurote und verkrustete Flecken zogen sich von ihrer Stirn hinunter auf die Wange, und ihre Züge waren wie eingefroren vor Angst.

„Nein! Erwin, nein. Tu es nicht."

„Gib mir einen guten Grund dafür! Nur einen!"

Ihre langen, zarten Finger vergruben das Gesicht, von dem stumme Tränen hinabwanderten und sich in den Krusten und dem Blut und den blauroten Flecken verloren.

„Es ist schon so oft passiert. Wann ist endlich genug? Wann kann er endlich verschwinden?"

Wut kochte in mir hoch und verebbte wieder, bereit, sich zur nächsten Welle aufzubäumen.

„So oft, und ich will nicht noch einmal zusehen", murmelte ich. „Ich habe genug gesehen."

„Erwin, bitte. Er ist einfach..."

„Frustriert? Ein Arschloch? Dumm? Ein dummes, frustriertes Arschloch?"

Sie sackte zusammen und lehnte sich mit angezogenen Knien gegen die Küchenlade hinter ihr. Ihre Schluchzer schnitten kalte Wunden in mich und bohrten sich wie Eiszapfen durch meine Wut.

„Ich will nicht, dass du deinen eigenen Vater hassen musst! Du bist sein Sohn, und ich sehe in dir mehr von ihm, als du dir vorstellen kannst. Er ist nicht nur schlecht! Es war Hass, der ihn schlecht gemacht hat. Bitte, werde nicht wie er. Bitte, hass ihn nicht."

Ich spürte, wie ihre Worte etwas in mir zerrissen, doch ich ballte die Fäuste und mit ins Fleisch bohrenden Fingernägeln schaffte ich es, mich zusammenzuhalten.

„Dann ruf einfach selbst an", murmelte ich.

Ich warf das Telefon zu ihr. Mit einem Klappern landete es auf den kalten Küchenfließen zwischen ihren Füßen.

IX: Patrick

Neonlicht brach sich auf den weißen Fliesen der Toilette und vermengte sich mit den bleichen Sonnenstrahlen, die durch das Fenster des Haider-Gymnasiums fielen. Das schwarzweiße Karomuster an den Wänden schien an seinen Kanten zu einem grauen Brei zu verschmelzen. Zweifel nagten an meinen Eingeweiden und ich wusste nicht, wie lange ich sie noch zurückhalten konnte. Schwarz-Weiß war einfach. Doch das Leben hatte ein anderes Farbenkleid angelegt.

Faris hatte damit begonnen, die Farben durcheinander zu bringen. Es war seine verdammte Schuld.

Letzte Woche, in Geschichte. Frau Resch war vom Pult aufgestanden und hatte ernst durch die Klasse geblickt. Trotz ihrer gebückten Haltung und den grauen Haarsträhnen, die sich auf ihrem Hinterkopf zu einem Knoten vereinten, strahlte sie dabei immer noch die Feurigkeit aus, die schon seit Jahren Schweißtropfen auf die Stirn von Schülern, Eltern und Lehrkollegen trieb. Anlass dazu waren die zweiundzwanzig Hände gewesen, die nach ihrer Frage, wer denn darüber nachdenke, in Geschichte zu maturieren, nach oben geschnellt waren. Meine war auch dabei. Warum, wusste ich selbst nicht genau. Besser als Physik, dachte ich mir. Und dann sagte sie etwas, das ich von einer Lehrperson noch nie gehört hatte.

„Das, was ich euch gleich sagen werde, bleibt jetzt unter uns, verstanden?"

Der Großteil ihres Unterrichts bestand aus Fragen, und sie hörte nie auf zu fragen, bevor sie eine passable Reaktion hervorgerufen hatte.

„Fast jeder kann heutzutage die Matura ablegen. Am besten gelingt es sogar denen, die nichts dagegen haben, dem System hinten rein zu kriechen, nur um dieses Blatt Papier in den Lebenslauf stellen zu können."

Die aufgerissenen Münder schienen ihr diesmal Reaktion genug zu sein. Vereinzelt wurde gelacht. Aber sie ging nicht darauf ein, sondern fuhr gleich fort.

„Wisst ihr, weshalb mich Geschichte so fasziniert?"

Stille.

„Geschichte ist *Veränderung*. Der Wandel von Alt zu Neu zieht sich vom ersten Höhlenmenschenbaby bis hin in die Jahre nach dem 2. Weltkrieg. Konflikt, Streit, das Blut der Herrschenden unter den Jubelschreinen der Revoluzzer, das ist etwas Urmenschliches, ein Teil unserer sozialen Natur.

Aber ihr verzieht dabei eher die Nase, oder? Zieht liebe den Kopf ein und hofft, eure Matura ist die Eintrittskarte ins Schlaraffenland mit Villa, Whirlpool und einem kleinen Privatjet, nicht wahr?"

Eine einzelne Hand wanderte zitternd nach oben.

„Ja, Aaron?"

„Aber, Frau Professor... Ja, wir haben alle Probleme. Und die Welt ist unfair. Aber Gewalt kann doch nicht die einzige Lösung für Gesellschaftsprobleme sein. Wir leben immerhin im 21. Jahrhundert."

Frau Resch nickte zufrieden.

„Stimmt. Gewalt ist sicher nicht die beste Lösung. Ich rede aber nicht von Gewalt. Ich rede von Konflikt! Von Aufbegehren! Von ausgedrückter Unzufriedenheit, vom Durchsetzen der eigenen Wünsche und Ideen!"

Sie rieb ihre runzligen Hände aneinander und taxierte uns mit ihren blitzgrünen Augen.

„Schon Sokrates hat gesagt, die junge Generation sei nutzlos und bestehe nur aus faulen, unerzogenen Idealisten. Und unzählige Generationen nach ihm waren der Überzeugung, aus der nächsten Generation könne unmöglich etwas werden. Nun ihr, ihr seid da die Ausnahme, oder nicht? Ihr fürchtet den Konflikt, weil ihr so gut erzogen seid, ihr kriecht lieber den Vorstellungen der Alten nach, anstatt selbst etwas zu schaffen und unsere Welt mitzugestalten. Darum lasst ihr euch von vorne bis hinten für dumm verkaufen. Ich sehe es euch ja an, dass ich Recht habe. Empört euch ruhig! Beweist mir das Gegenteil!"

Und da war Faris aufgestanden. Alle wandten sich ihm, der nun schon zwei Monaten zum Klassengeist mutiert war, zu, und Frau Resch leckte sich erwartungsvoll über die Lippen, ihre Knopfaugen über den Rand ihrer Brille hinwegsehend.

„Ja, Faris?"

„Wo Angst ist, kann es keinen Konflikt geben."

Mehr sagte er nicht. Er setzte sich wieder hin und alle Köpfe blieben noch an ihm kleben, in der Hoffnung, er würde noch etwas mehr erzählen, etwas mehr sagen, nachdem er so lange geschwiegen hatte. Doch es war zwecklos, und so drehten sie sich wieder der Professorin zu. Für einen Augenblick schien sogar sie verunsichert. Aber dann fasste sie sich wieder.

„Ein kluger Gedanke. Angst macht Konflikt unmöglich. Das heißt für euch: Befreit euch von eurer Angst! Lernt von uns Alten, aber nicht für uns Alte. Lernt für euch selbst. Steht auf. Macht Fehler. Aber bitte macht eure Fehler, nicht die unseren. Aus denen könnt ihr nichts mehr lernen, sofern ihr in Geschichte aufgepasst habt. Wer das verstanden hat, darf bei mir maturieren."

Wo Angst ist, kann es keinen Konflikt geben. Ich konnte diese Angst in Faris sehen, seit ich ihm damals, noch vor den Sommerferien, am Schulhof mit meiner Zigarette bedroht hatte. Beinahe hätte ich sie ihm gegen den Unterarm gedrückt, nur um zu sehen, wie lange es dauern würde, bis er schrie. Ich war so zornig. Ich wusste genau, daheim würde niemand auf mich warten, wenn ich nach drei Stunden im Krankenhaus die Haustür aufsperrte und mich auf mein Zimmer verzog.

Und die Beschreibung der Anzeige, die immer noch in irgendeinem Polizeiquartier hängen musste. Fünf bis sieben junge

Männer im Alter von etwa 16 bis 21 und so weiter, dem Aussehen nach ausländischer Herkunft. Verwickelt in Cannabishandel, mindestens einmalige schwere Körperverletzung und so weiter, Hinweise bitte an und so weiter.

Faris Gesicht tauchte vor mir auf, seine vor Angst geweiteten Augen, als ich die Zigarette über die Straße am Sportplatz warf und einen Schritt auf ihn zu machte. Wie er danach am Boden lag, die Hand gegen seinen Bauch gepresst, aber entschlossen, nicht zu weinen. Dann dachte ich an Erwin, der mir seit Wochen aus dem Weg ging, und dass ich langsam einen Bruchteil dessen verstehen konnte, was in ihm vorgehen musste. Und daran, dass Faris irgendwann doch geweint hatte. Heiße Tränen sammelten sich in meinen Augen, die voller Abscheu aus dem Spiegel auf mich herabsahen. Ich beschloss, den Rest der Probe zu schmeißen. Technik war ohnehin erst gegen Ende wichtig.

Ich schüttete mir zwei Hände Wasser ins Gesicht. Die Papiertücher fühlten sich rau an auf meinen Wangen. Plötzlich trampelnde Schritte. Ich hörte lautes Geschrei am Gang. Dann das Geräusch einer Klinke, die nach unten gedrückt wurde.

„Oh, Entschuldigung!"

Ich wirbelte herum. An der halb geöffneten Tür stand Selin, die Hand noch auf der Klinke. Stockend wurde mir die Abwesenheit von Pissoirs bewusst. Mit gesenktem Kopf steuerte ich auf die Tür zu. Als ich mich an ihr vorbei drängen wollte, spürte ich plötzlich ihre Hand auf meiner Schulter. Und dieses gottverdammte Brennen in meinen Augen.

„Hey, Patrick. Ist alles in Ordnung mit dir?"

In ihren Worten schwang etwas mit, das wie echte Sorge klang. Auch ihre Augen waren feucht. Ich schaffte es nicht, zu nicken.

Die Verhandlung nähert sich dem Ende. Gottseidank. Die Nachmittagssonne strahlt durch die Fensterscheiben und lässt die blitzenden Zähne auf dem Plakat des Politikers beinahe verschwinden, sein Lachen wird fast unsichtbar unter den einfallenden Lichtstrahlen. Die Worte der Zeugen, Verwandten und Geschworenen liegen immer noch schwer im Raum, auch wenn die Münder, die sie einst entlassen haben, schon längst geschlossen sind. Alles scheint klar. Und doch unlösbar verschlungen. In den Augenwinkeln erkenne ich Stephanies Finger, die sich krampfhaft in Faris Hand verschlingen. Heute ist nicht er der Unglückliche. Seine Züge scheinen entspannter, aber doch flackert die Trauer über das Geschehene immer wieder über seine Miene. Bei jedem Schluchzen fährt ihm ein Schauer durch die Glieder. Auch ich spüre ihn, den Schauer. Die Hilflosigkeit angesichts der Frage, wer nun die Schuld tragen muss. Alle? Niemand? Ein Urteil allein löst noch kein Problem. Meistens fängt das Problem beim Urteil an.

Ich erinnere mich daran, wie einer meiner Professoren einmal gemeint hat, in der Pädagogik gäbe es keine Rezepte. Ein Lehrer kann seine Klasse nicht steuern, kein Unterrichtskonzept der Welt kann das. Klassen können nicht per Knopfdruck in die 'richtige' Richtung gelenkt werden. Bis vor ein paar Stunden war ich mir sicher, das damals schon verstanden zu haben.

Ich rauche. Der Himmel ist immer noch bewölkt, doch die Luft ist schwerer geworden. Meine Nerven liegen blank und doch fühle ich nichts. Meine Zukunft ist eine Sackgasse, nur mehr verschlossene Türen ragen in die Zeit hinein. Journalisten stehen ein paar Meter entfernt vor mir, doch sie wagen es nicht, mich anzusprechen. Sie haben schon zu viel mitbekommen. Der Winter ist eingebrochen, beißende Kälte umgibt die, die noch am Leben sind, und der nächste Sommer ist noch so weit entfernt. Hätte der Herbst nicht noch ein wenig länger dauern können?

Ich denke an den letzten Herbst, den ich mit meinem Großvater erlebt habe. Wir sitzen am Achensee, zwischen Steinen und vertrockneten Büschen. Vor uns liegt die Oberfläche des Sees, rollt sich am Ufer ab und zieht sich wieder zurück. Die Abendsonne bricht sich auf nasser Erde und wirft Schimmer in die Luft. Eine Grille zirpt irgendwo. Auf der anderen Seite des Ufers ragen die Berge in die Höhe, deren Wälder in rot und gelb gekleidet auf uns herunterblicken. Es ist still. Ich erzähle Opa von der Schule. Von einem Jungen. Fünfzehn bin ich, glaube ich.

Die Reste des Lagerfeuers rauchen noch und vergehen langsam im Sonnenuntergang. Mein Opa hört mir zu. Ich bin traurig. Wegen dem Jungen. Er hat seit kurzem eine Freundin. Und ich kenne mich überhaupt nicht mehr aus.

Ich höre auf zu reden, und für ein paar Minuten sitzen wir einfach nur da und lauschen. Dann beginnt er, zu sprechen.

„Weißt du", sagte er, „dieser See wird bald gefrieren. Der Winter kommt, und es wird kalt. Vielleicht wirbeln noch ein paar

Herbststürme über ihn hinweg, vielleicht zieht ein Gewitter über den Himmel über ihn und wirft Wellen gegen diese Steine, auf denen wir gerade sitzen. Aber irgendwann wird es ihm zu kalt, und seine Oberfläche gefriert."

Ich blicke ihn an. Mein Großvater hat schon lange gelebt, und kennt viele Geschichten. Ich weiß, ich muss ihn ausreden lassen, um etwas von ihm zu lernen. Zwischenfragen bringen nichts. Also reiße ich ein vertrocknetes Grasbüschel aus und höre ihm weiter zu.

„Das heißt, obenher bewegt sich für ein paar Monate gar nichts mehr. Vielleicht kann man sogar Schlittschuh laufen, aber der See selbst wird still bleiben, für eine lange Zeit. Und irgendwann wird er wiederaufleben, unter Stürmen, mit Sonnenschein, zwischen plantschenden Kindern. Vielleicht zieht auch einmal eine Sternschnuppe über ihn weg, in einer der vielen warmen Sommernächte, die noch kommen werden. Aber zurzeit steht er still, von außen betrachtet. Zuerst kommen viele kalte Tage, und noch kältere Nächte. Doch – und das ist jetzt wichtig, hörst du? - auch wenn du es von außen nicht sehen kannst, unter der Eisschicht lebt er noch, der See. Er ist in Frieden. Aber nicht nur im Winter, auch im Sommer, ganz tief unten, an seinem Grund, wird es immer still und friedlich sein, egal wie viele Stürme oder Sternschnuppen über ihn hinweg ziehen. Denn er lebt, er ist, und das genügt ihm. Er hat vielleicht nicht immer Glück, aber zumindest Frieden. Und mit Frieden kommt wahre Freude ins Leben. Er hat keine Angst vor dem Winter, und klammert sich nicht an die Hoffnung auf den nächsten Sommer. Er lebt im Jetzt, ohne Gedanken an die Zukunft oder die Vergangenheit. Das ist seine Natur. Und ich glaube, wir können noch viel von diesem See lernen. Versuch, das zu verstehen."

Drei Monate später ist mein Großvater gestorben, aber der See liegt heute noch hier. Nur, egal wie sehr ich auch versuche, durch die Oberfläche zu sehen – sein Grund bleibt mir verborgen.

Teil IIII

Einen Monat vorher.

Aaron, Lydia und Martin.

I: Aaron

Jemand rief von der Straße durch das offenstehende Fenster. Ich warf einen Blick zur Stereoanlage, die den Staub auf dem Wandregal in wiederkehrenden Stößen durchs Zimmer jagte und drehte noch lauter. Die Welt war zu laut, hatte ich beschlossen. Diese Scheißwelt mit ihren Scheißnetzwerken und ihren Anonymitätsillusionen. Ich versuchte, auf meinen Atem zu hören, aber die schnaubenden Luftströme aus meiner Nase erinnerten mich nur noch mehr daran, wie wütend ich war.

Als ob die Angst, Selin einfach nur einmal einen falschen Blick zuzuwerfen und dann in den Boden gestampft zu werden, nicht schon genug wäre. Ich hatte keine Ahnung gehabt, in was Martin mich da reinziehen würde.

Aber ich hatte zugesagt, ebenso wie ich zugesagt hatte, unser Theaterstück auf Facebook zu bewerben, mit der vagen Idee, vielleicht meine Abschlussarbeit über Online-Marketing zu schreiben. Dabei interessierte ich mich Null für Online-Marketing. Aber offensichtlich wirkte es.

Dreihundertviertausendeinundsiebzig Klicks in eineinhalb Monaten. Jede Studentenplattform, jede politische Interessenvertretung hatte das Event schon auf ihrer Seite geteilt, die erste Vorstellung war schon restlos ausgebucht – man könnte fast meinen, ich wäre das Marketinggenie des Jahrhunderts, wären da nicht die Hassnachrichten, die sich seit sechs Wochen in meinem

Posteingang stapelten. Ein Typ namens Fritz Unterhausner meinte beispielsweise, dass ich in die Gosse geworfen und zu Kebab verarbeitet werden solle, ich, ein siebzehnundeinvierteljähriger Halbmaturant, der grade mal ein paar Stoppeln am Kinn besaß.

Ein Mädchen namens Tina Reschach hatte das Event geteilt, begleitet mit den Worten „Noch so eine blinde Gutmenschen-Aktion, die unser liebes Österreich in den Abgrund stürzen will!"

Was konnte ich denn dafür, dass manche Leute den Untergang des dritten Reichs scheinbar verschlafen hatten? Wir leben im gottverdammten 21. Jahrhundert und auf einmal macht es wieder komplett Sinn, Menschen in Schubladen zu stecken. Super Lösung, das hilft sicher. So etwas ist noch nie schiefgegangen. Und falls doch, dann lag das an zu hohen Aufnahmekriterien für Kunstschulen, sicher nicht daran, dass unwichtige Leute wichtigen Leuten kollektiv Bullshit aus den Händen fraßen und dann noch lauter weiter brüllten, einfach, weil laut zu sein besser wirkte als ängstlich zu sein.

Ich war normalerweise nicht so drauf. Um ehrlich zu sein, vor ein paar Wochen hatte ich mich noch richtig auf das Theaterstück gefreut, mir sogar schon ein paar Titel überlegt, aber mittlerweile fand ich sie alle zum Kotzen.

Ich musste mit Herr Schneider reden. Langsam war ich mir sicher, dass bei der Aufführung ein bisschen Security auf keinen Fall schaden würde. Ich musste mir richtig Mühe geben, nicht auch noch auf ihn wütend zu werden. Schließlich hatte er sich das Ganze ausgedacht.

Und Martin erst. Nicht nur, dass ich mir schon allerlei mentalen Dünnschiss von außen anhören musste, nicht einmal in den Proben konnte ich halbwegs zur Ruhe kommen. Ich war schon seit der Hauptschule in der Theatergruppe, aber nie hatte ich Angst davor haben müssen, *zu* überzeugend zu spielen. Wenn Devin den Eindruck bekam, dass ich seine Zwillingsschwester zu überzeugend heiraten wollte, war's das mit mir.

Aber der eine Grund, warum ich so richtig wütend war, das war nicht einmal das Theaterstück, nicht Herr Schneider, Martin auch nicht, und Devin, naja – eigentlich konnte er auch nichts dafür. Was mich richtig wütend machte, war die idiotische Annahme, dass jeder Blödsinn geglaubt wurde, den Schwachmaten aller Art ins Netz stellten.

Flüchtlinge verwenden Kinder als Schutzschilde! prangte da beispielsweise über der Aufnahme einer Nachrichtensendung. Darunter entsetzte Kommentare und diverse Empfehlungen von Aufhängen bis hin zum KZ. Das Video selbst zeigte eine Menschenmasse am Bahnhof, zu viele für den Zug, aus dem schon Arme und Beine aus den geöffneten Fenstern ragten. Die Kamera fokussierte einen Mann, der ein Kind umklammerte und sich dabei mit seinem Rücken voran rückwärts ins Abteil zu schieben versucht.

Mit seinem verdammten Rücken. Wenn hier jemand das gottverdammte Schutzschild ist, dann dieser Mann für sein Kind, und nicht umgekehrt.

Eine weitere Perle: *Christliche Kultur von Völkerwanderung bedroht!* Mhm. Weil zum Weihnachtenfeiern braucht man natürlich eine staatliche Genehmigung. Religion ist gottseidank keine verdammte Privatsache, sondern nur wahr, wenn alle daran glauben. Mein Vater arbeitete übrigens als Pfarrer. Ein paar Minuten Recherchearbeit im Internet brachten Zahlen, die jegliche Hetze entlarven würden, aber das ist vielen schon zu viel Aufwand, in der Zeit könnten ja die Moslems das Parlament stürzen und die Alkoholindustrie entmachten.

Schon gut, ich höre schon auf. Martin sagte mir auch immer wieder, ich werde zu sarkastisch, wenn ich wütend bin. Die Wahrheit ist, ich habe Angst. Und ganz ehrlich, Sarkasmus ist das Einzige, was mich in dieser Welt nicht komplett den Verstand deswegen verlieren lässt.

Ich loggte mich aus, drehte die Musik nun doch leiser und schloss die Augen. Unter mir fühlte ich, wie sich die Matratze mit meinen Atemzügen hob und senkte. Ich stutze. Mein Atem war langsamer geworden. Trotz des beißenden Sarkasmus und der Wut in meinen Ohren war da doch noch eine Ruhe zu erkennen. Irgendwo. Sie verkroch sich in der Hoffnung, dass es eines Tages anders sein könnte. Keine Grenzen, keine Moralpredigten, keine Angstmacherei, kein Religionsverständnis, das das Abschlachten von Ungläubigen legitimiert, keine Freien Freunde, nur mehr ein Vier-Stunden-Arbeitstag und viel mehr Menschen, die einfach mal ein paar Minuten investieren, um in den Nachthimmel zu schauen. Und einfach nach oben blicken. Und erkennen, dass die meisten Dinge, an denen das eigene Glück zu hängen scheint, vollkommen wertlos sind.

Was zählt, ist. Wenn man selbst einfach ist, den Puls des Universums fühlt und darauf antworten kann. Darauf kam es an, dachte ich mir. Ich notierte mir „Puls des Universums" in einem SMS-Entwurf. Vielleicht schüttelte sich Martin damit wieder ein Gedicht aus dem Ärmel. Ich grinste, und für ein paar Stunden kam mir die Welt tatsächlich viel ruhiger vor.

II: Lydia

Der Himmel leuchtete in sattem Blau über mir. Endlich wieder mal ein schöner Wintertag. Die Kälte machte das Spendensammeln nicht unbedingt einfacher, aber ich hatte die Erlaubnis der Stadt, noch zwei Wochen zu sammeln, und das wollte ich ausnützen. Der Marktplatz reihte sich um mich auf, erste Glühweinständchen und Lebkuchen wurden schon angeboten, da fand ich Weihnachtskugeln, dort selbst geschnitzte Krippenfiguren und darüber, an den Laternen und Bäumen, glitzernde Lichterketten.

In der Vorweihnachtszeit, bevor der ganze Einkaufsstress die Runde machte, waren die Leute noch eher bereit, etwas Gutes zu tun, dachte ich mir. Das Restgeld vom Glühwein noch schnell in ein Hilfsprojekt zu investieren. Die Sonne brachte schon die Eiskristalle zum Schmelzen, die sich in der Nacht am Glas der Fensterscheiben gebildet hatten. Trotzdem war mir kalt.

Ich versuchte, mir von Faris' Getue nichts mehr anhaben zu lassen. Selbst schuld, wenn er sich nicht helfen lassen wollte, dachte ich mir. Er konnte so eine Prinzessin sein. Aber das Brennen in meiner Magengegend, das jedes Mal aufkam, wenn ich an die Tage im Sommer dachte, in denen wir im Wald gezeltet, uns mindestens jede Woche am Inn zum Grillen getroffen oder beim Telefonieren bemerkten hatten, dass schon drei Stunden vergangen waren – dieses Brennen ließ sich nicht so einfach abwimmeln. Die Wahrheit ist, ich habe Angst. Angst, dass es nie wieder so werden wird, wie es einmal war.

Er ist mein bester Freund, dachte ich.

Er ist selbst schuld! dachte mein Trotz.

Trotzdem musst du ihm helfen!

Wenn ich nicht will?

Er ist dein bester Freund!

Ich verscheuche das sinnlose Gedankenhadern und setze die Holztafel mit dem Plakat zur Spendensammelaktion ab. Darauf hatte ich die Umrisse der Kontinente gezeichnet, einzelne Zeitungsausschnitte aus allen Ländern der Welt aufgeklebt und die Überschrift in Leuchtfarben geschrieben: ONE WORLD.

Die Spenden teilte ich auf – je ein Drittel pro Hilfsorganisation, von der ich sicher sein konnte, dass das Geld sinnvoll eingesetzt werden würde. Nach einigen Online-Recherchen blieben folgende übrig: Eine für unbegleitete Flüchtlingskinder, eine für traumatisierte Flüchtlinge, und eine für junge Mütter aus Krisengebieten. Pro Monat lieferte ich jeder davon ungefähr 300€, manchmal etwas mehr, manchmal weniger. Pro Woche wurde ich ungefähr zehn Mal als Gutmensch, als Ausländerbitch, als naives kleines Kind oder als Sozialschmarotzerin beschimpft, manchmal etwas mehr, manchmal weniger. Die Anzahl der Beleidigungen gegen Flüchtlinge habe ich mittlerweile aus den Augen verloren. Trotzdem wollte ich mich auf keinen Fall davon abbringen lassen. Ein „Danke, dass du das machst" kompensierte ungefähr sieben Beleidigungen. Bis jetzt kam ich mit diesem System gut durch. Anfangs hatte mir Faris dabei noch geholfen, bis sein Vater Wind davon bekommen und ihm ein paar Wochen Hausverbot aufgebrummt hatte. Er konnte so ein *Kind* sein, manchmal. Wenn ich immer gemacht hätte, was meine Eltern von mir erwarteten, würden sich die dadurch entstandenen Vorteile auf ein Sehr Gut in Mathe beschränken. Ist ein relativ geringer Verlust im Gegenzug für ein eigenes Leben.

Ein alter Mann zückte seine Geldtasche und warf ein paar Münzen in die Kasse. „Vielen Dank", sagte ich und schenkte ihm ein Lächeln. Er zwinkerte mir aufmunternd zu und verschwand wieder in der Menge. Ich legte noch ein paar Geldscheine von mir dazu, aber nur, um die Kasse etwas voller aussehen zu lassen. Scheinbar machte es einen Unterschied. Wenn schon mehrere gespendet hatten, konnte die Sache gar nicht schlecht sein. Leider funktionierte das auch in die umgekehrte Richtung. Wenn alle Ausländer scheiße fanden, konnte das gar nicht so schlecht sein. Und wenn alle Angst vor einer Islamisierung hatten, musste das berechtigt sein. Ein Haufen Sechstklässler zeigte mir im Vorübergehen einen Haufen ausgestreckter Mittelfinger.

„Raus mit denen!", rief einer, und die anderen brachen in hysterisches Lachen aus. „Heirate doch einen von denen, wenn du sie so gern magst!", setzte der andere nach. „Kann man bei dir auch einen Abschubsschein kaufen?"

„Für dich?", schrie ich. „Klar, wohin willst du denn? Komm schon!", setzte ich nach, aber da fasste schon eine Hand an meine Schulter.

„Was ist?!", schnaubte ich und wirbelte herum.

Vor mir stand Stephanie. Ich biss mir auf die Unterlippe. „Sorry", murmelte ich. „Alles klar bei dir?"

„Schon okay. Ja, passt gut. Bei dir?"

Ich blickte den Sechstklässlern nach, die auf den Glühweinstand auf der anderen Straßenseite zusteuerten.

„Ziemliche Trottel", meinte Stephanie und entzündete eine Zigarette. Sie hielt mir auch eine hin, aber ich verneinte.

„Von denen gibt es erstaunlich viele. Man gewöhnt sich daran", murmelte ich, während sie mit dem Feuerzeug haderte und versuchte, das Zittern in ihren Beinen unter Kontrolle zu bekommen.

„Wie geht es Faris?", fragte ich. Die beiden sah ich in letzter Zeit immer öfter beisammen. Ich wusste immer noch nicht, ob ich mich darüber aufregen oder mich für ihn freuen sollte.

„Er vermisst dich", antwortete sie.

„Dann soll er sich einfach wieder melden."

„Er hat Angst, dass du ihn wieder dazu bringen willst, etwas gegen die Typen, die ihn zusammengeschlagen haben, zu unternehmen."

„Ja, weil es das einzig Richtige ist! Ich begreif' einfach nicht, wie er sich das gefallen lassen kann. Wenn sowas zur Gewohnheit wird, wenn solche Aktionen auf einmal legitim werden, nur, weil-"

„So einfach ist es nicht", unterbrach sie mich. „Aber ich weiß, wer es getan hat. Ich-"

„Was? Und dann kommst du erst jetzt zu mir?"

„Kannst du mich ausreden lassen? Ich glaube, Faris ist uns beiden sehr wichtig. Und wir wollen beide, dass es ihm wieder besser geht."

Mit Mühe unterdrückte ich einen übertrieben überraschten Gesichtsausdruck.

„Die Sache ist die", fuhr sie fort. „Ich habe ein Gespräch gehört, zwischen Patrick und Erwin..."

„Diese-"

„Laberst du immer so dazwischen? Lass mich bitte mal ausreden."

„Tschuldigung. Red' weiter."

„Ich habe nur ein Gespräch überhört. Wenn wir sie damit jetzt überfallen, werden sie Faris so dermaßen einschüchtern, dass wir keine Chance mehr haben, irgendetwas Brauchbares aus ihm rauszubekommen."

„Außerdem hat er der Polizei schon eine falsche Aussage geliefert", murmelte ich.

Stephanie zog die Augenbrauchen hoch.

„Das auch noch. Aber gut. Ich habe einen Plan."

„Ich höre."

„Ist dir aufgefallen, dass Erwin und Patrick kaum noch miteinander reden?"

„Möglich. Jetzt, wo du's sagst... Ja. Ja, auf jeden Fall."

„Ich glaube, Erwin hat ein Problem mit dem Ganzen. Weißt du noch, wie er vor ein paar Wochen ausgetickt ist und Patrick den Tisch in den Magen gerammt hat? Als ich ihn mal nebenbei gefragt habe, was er an diesem einen Donnerstagabend nach der Schule noch gemacht hat, hat er ziemlich schnell das Weite gesucht."

Ich öffnete den Mund, aber Stephanie hob beschwichtigend ihre Hand.

„Keine Panik, ich habe nicht durchblicken lassen, dass ich etwas weiß. Hoffe ich."

„Na gut", sagte ich und stieß Luft zwischen meinen Zähnen hervor. „Hoffen wir mal das Beste. Solange Patrick nichts davon weiß, können wir Erwin eigentlich ignorieren."

„Ich will mit ihm sprechen."

Ungläubig riss ich die Augen auf.

„Du willst *was*?"

„Mit ihm sprechen", sagte Stephanie ruhig. „Ich habe auch bemerkt, dass Patrick immer öfter mit Selin beisammen ist. Ich weiß nicht, was er mit ihr vorhat, aber ich glaube, nichts Gutes. Wir sollten schnell handeln. Wir müssen Erwin auf unsere Seite holen. Wir müssen herausfinden, wo Selin und Patrick sich das nächste Mal treffen. Und wir müssen aufpassen, dass Faris nicht zu früh bemerkt, was wir vorhaben. Sobald wir etwas hören, was die Polizei interessieren könnte, haben wir den Beweis, den wir brauchen. Faris wird nichts passieren. Uns wird vielleicht etwas passieren, aber nur, wenn wir nicht nach meinem Plan vorgehen."

Ich stand sprachlos vor ihr. Scheinbar mussten wir auf eine ganze Menge aufpassen, aber trotzdem war ich beeindruckt.

„Wie hast du dir das alles zusammengedacht?"

Sie lächelte. Es war das erste Mal, dass ich sie lächeln sah.

„Ich habe einfach beobachtet", sagte sie.

III: Martin

Ihr letzter Satz endete, Maledin verließ die Bühne und Selin tauchte wieder aus ihrer Rolle auf, Aaron mit eingezogenem Kopf hinterher. Auch wenn es ihm offensichtlich Unbehagen bereitete, war ich froh, dass er die Rolle übernommen hatte.

Devins Kopf ragte vor mir aus dem kleinen Publikum, welches im Grunde nur aus den Mitgliedern der 7D bestand, die nicht gerade ihre Drehbücher studierten oder eine Rolle in der Abschlussszene übernommen hatten, düster und entschlossen wie ein Wächter vor dem Schlafsaal seiner Königin. Ich konnte immer noch seine Hände fühlen, die sich wie Schraubstöcke um meine Schultern klammerten.

Schneiders begeistertes Klatschen füllte als erster den Raum, spärlich zogen andere nach. Selin strahlte und setzte sich in die erste Reihe. Ich sah, wie sie ein Lächeln hinter mich schickte, aber ich drehte mich nicht um, um zu sehen, wem es gegolten hatte. Die Wahrheit ist, ich habe Angst. Angst davor, mich wieder in sie zu verlieben. Ich versuchte, mich einfach darüber zu freuen, dass die Proben so gut verliefen und dass alle fast nur mehr von der Uraufführung in zwei Wochen sprachen. Nervosität kroch aus allen Winkeln und Ecken hervor und tanzte Tango mit dem Lampenfieber.

Aaron setzte sich neben mich und schüttelte den Kopf.

„Weißt du, wie ihr Bruder mich immer ansieht?", zischte er. „Als würde er jeden Moment aufstehen und mir den Kopf abreißen wollen.

Nach der Aufführung habe ich mindestens eine Kiste Bier bei dir gut, zwei, wenn ich vorher verhauen werde."

„Danke. Echt, Mann. Danke, dass du das für mich tust. Ich hätte so oder so aufhören müssen, so von ihr zu denken, aber der Gedanke, dass nicht irgendeiner der Typen, die ihr das ganze Jahr über schöne Augen machen-"

„So wie du, bis vor... drei Wochen?"

„Es sind fast schon zwei Monate. Also, jedenfalls Danke, dass du es machst. Das Ganze fällt mir dadurch echt viel leichter."

„Stell dich einfach einmal auf die Bühne und such Devins Blick, dann würdest du Selin sofort in Quarantäne stecken, einfach nur, um jeden Mann zu schützen, der sie vielleicht zwei Sekunden zu lange anschauen würde. Aber gut, ich muss los. Morgen Abend wieder *Deathzone*, bei mir?"

„Klar. Diesmal mach ich dich fertig."

„Du Träumer. Kannst schon mal anfangen, ein Gedicht über deine Niederlage zu verfassen."

Ich lachte und sah zu, wie er aus dem Saal verschwand. Er ist einer der Wenigen, die je etwas von mir zu lesen bekommen haben. Aber er hatte schon genug Lob vom Himmel regnen lassen, dass ich mir Meldungen wie diese nicht zu Herzen nahm. Mich würde immer noch interessieren, was Selin davon hielt, aber vermutlich blieb mir nur die utopische Vorstellung, dass ihr zumindest eine Zeit lang jeden Abend um 19:30 ein Lächeln übers Gesicht gehuscht war. Ich hörte auf, ihr zu schreiben, nachdem ich sie in Maledins Kleid gesehen hatte. Eigentlich schade, dass Devin – gelinde gesagt – eher cholerisch veranlagt war, denn über sie und dieses Kleid hätte man tausend Gedichte schreiben können, ohne auch nur ansatzweise das Ende des Stoffes sehen zu können. Aber Aaron fand nichts daran, seine Angst hielt ihn gefangen in der Rolle, in die ich ihn gesteckt hatte. Ich konnte ihn gut verstehen. Zittern überfiel mich, wenn ich nur an das Glühen in Devins Augen dachte, als er auf mich losgestürmt war, wie ein Vulkan, der kurz vor dem Ausbruch steht. Aber hätte ich eine Schwester wie sie, ich würde auch darauf schauen, dass sie ihre Zeit nicht mit Idioten verschwendet, selbst wenn es literarisch begabte Idioten wären.

Mein Augenwinkel fing sie auf, als sie aufstand und auf den Ausgang des Saals zusteuerte. Zuerst wusste ich nicht, was genau mich dabei stutzig machte. Aber dann bemerkte ich es. In ihren Bewegungen schien sich etwas Krampfhaftes zu verstecken, als könnte sie jeden Moment stolpern – etwas, das überhaupt nicht zu der Art, wie sie auf der Bühne auflebte, passen wollte. Ich sah durch die Reihen, und da wurde es mir klar, mit einem Schlag und der Kraft unbestreitbarer Wahrheit:

Devin will ihr immer noch das Auftreten verbieten. Jeder seiner Züge verriet es, jedes Partikel im Raum wusste Bescheid, von der Wut im Nachhall ihrer Schritte bis zu den Stuhlreihen zwischen ihr und ihrem Bruder. Und Aaron, Aaron konnte sich nicht in seine Rolle versetzen. Die Angst ließ ihn nicht zu Tom Schönborn werden, sondern versuchte Sekunde um Sekunde, ihn an den Knöcheln durch die Bretter der Bühne zu ziehen.

Ich durfte nicht länger untätig bleiben. Und auch wenn mir das, was mir stattdessen vorschwebte, so verlockend vorkam wie der Pilotensitz im Cockpit eines Kamikazebombers, musste ich es tun. Die Pause ging noch zehn Minuten. Genug Zeit, um mein Leben zu riskieren. Oder, etwas weniger tragisch formuliert, ein Gespräch mit dem Bruder meiner Ex-Angebeteten zu initiieren. Klingt immer noch tragisch, aber das war ich ihnen schuldig. Aaron, Selin und letzten Endes auch Herrn Schneider.

Kurz und schmerzlos, dachte ich und tippte ihm vorsichtig gegen die Schulter, bevor mich meine Zweifel zurückhalten konnten.

„Hast du kurz Zeit?", stammelte ich.

Die Falte zwischen Devins Augenbrauen wurde tiefer. Dann nickte er. Ich bedeutete ihm, aufzustehen. Die Worte dazu verkrochen sich irgendwo in meinem Kehlkopf, aber er verstand.

Wir gingen auf den Gang vor der Saaltür, kein Mensch war zu sehen.

„Was ist?", grummelte er.

„Also, nur damit da kein Missverständnis entsteht, gleich zu Beginn: Ich habe verstanden, dass ich deiner Meinung nach nicht der Richtige für Selin bin. Das ist angekommen. Ich will dich auch nicht überreden oder so, es ist eigentlich etwas Anderes."

In seinem Blick konnte ich sehen, dass er langsam ungeduldig wurde. Die Worte verhaspelten sich in meinem Kopf.

„Komm mal zum Punkt, bitte. Ich will vor der nächsten Szene noch aufs Klo."

„Klar, klar. Also... ich find's toll, dass du so auf deine Schwester aufpasst. Wirklich. Sie hat nichts weniger verdient. Aber sie hat auch verdient, ihr Leben zu leben, oder?"

Zum ersten Mal sah ich Verwirrung in Devins Augen aufflackern.

„Ja, und?"

„Naja, sie liebt doch das Schauspielern. Und das Singen. Kunst generell, ohne Hintergedanken. Ich kenne sie nicht so gut wie du, aber sie sieht verdammt glücklich aus, wenn sie da oben auf der Bühne steht. Nur, vorher und nachher scheint sie irgendetwas zu beschäftigen."

„Meinst du? Was denn? Ich pass doch auf sie auf."

„Ja, aber du willst das doch alles gar nicht, oder? Dieses Theaterstück, die Aufführung, ihr Kleid..."

„Wenn Schneider nicht so versessen auf diese Aufführung wäre, hätte ich sie ihm schon ausgeredet."

„Eben. Weil du sie beschützen willst. Aber ganz ehrlich – wovor musst du sie heute noch beschützen? Jeder dort im Saal weiß, dass du jedem, der ihr zwei falsche Blicke zuwirft, sofort die Arme ausreißen würdest. Auch Aaron."

Ich schluckte.

"Es gibt also keinen Grund mehr, ihr das Theaterstück zu verbieten. Ich glaube, sie würde sich über ein bisschen Unterstützung deinerseits freuen."

Devins Muskeln spannten sich an und für einen Moment glaubte ich, mein Herz würde gleich zu schlagen aufhören. Doch er zögerte, und in diesem Moment kam Selin den Gang herab auf uns zu, dahinter, in einiger Entfernung, Patrick. Ich atmete erleichtert auf und warf Devin noch einen bedeutungsvollen Blick zu, bevor ich wieder im Saal verschwand.

Einige Minuten später kamen die beiden wieder zurück und nahmen nebeneinander Platz. Und als Selin für ihre nächste Szene auf die Bühne stieg, sah ich ihr Lächeln wieder. Aber es war anders. Es war nicht einfach nur das Lächeln eines wunderschönen, glücklichen Mädchens. Es war eines dieser seltenen Lächeln, bei denen man das Universum innehalten spüren konnte, verwundert darüber, etwas so unvergleichlich Schönes hervorgebracht zu haben.

IV: Aaron

Martin hatte mit Devin gesprochen. Gottseidank. Die Proben häuften sich. Immerhin war es nur noch eine Woche bis zur ersten Aufführung und in der ganzen Schule konnte man kein Thema finden, das nicht unweigerlich in der Diskussion des Theaterstücks unterging. Die Einen hassten es aus vollstem Herzen, die Anderen waren komplett hinüber vor Begeisterung und der Großteil verweilte in gespannter, aber ahnungsloser Anspannung. Wir hatten uns dazu entschlossen, die Hälfte der Einnahmen an eine karikative Organisation zu spenden – um genau zu sein, Lydia hatte darauf bestanden, aber ich fand die Idee super. Einfach nur ein Statement zu setzen, aber dann selbst nicht helfen zu wollen, wäre mir im Nachhinein ziemlich heuchlerisch vorgekommen.

Meine Mutter war Buchhalterin in einer Recycling-Firma. Mindestens einmal im Monat erzählte sie von den Unsummen, die hierhin und dorthin wandern und auch wenn sie genug verdiente, um mich und Papa zu versorgen, die Beträge, die sie jeden Tag vor Augen hatte, kamen ihr Jahr für Jahr weniger greifbar vor. Papa hatte als Priester viel zu tun, aber kaum Dinge, die Geld einbrachten. Nicht, dass ihn das stören würde. Er war die Ruhe in Person. Entspannt, aber nicht angespannt. Gewissenhaft, aber nicht verkrampft. Humorvoll, aber nicht überdreht. Und evangelisch war er natürlich auch, sonst hätte es mich nicht geben. Er hatte nie nach Geld gestrebt, sondern sein Glück im Glauben gefunden. Ehrlich gesagt konnte ich damit nichts anfangen. Aber mit Geld auch nicht. Ich wusste nicht einmal, wie viel Geld wir von der Aufführung erwarten konnten.

Ich wusste nur, dass jeder Cent zu einer Verbesserung beitragen konnte. Aber ob das genug war?

Die Glocke läutete. Genug Wirtschaftskunde für heute. Ich schüttelte den Kopf und versuchte, mich nicht zu sehr über mich selbst aufzuregen. Keinen Plan, was die letzten dreißig Minuten passiert war. Ich konnte mich nicht einmal mehr an das Thema der Stunde erinnern. Irgendwie hatte ich ein Fable dafür, mich in meinen Gedanken zu verlieren. Ich habe aufgehört zu zählen, wie oft mich schon ein Lehrer mit einer dieser Fragen beworfen hatte, einer dieser Fragen, die dir Lehrer immer stellten, sobald sie bemerkten, dass du in Gedanken ganz woanders warst. Aber es war zwecklos. Ich brauchte nur ein Wort, irgendeine lausige Aussage, und schon kamen da diese Fragen, denen ich folgen musste. Antworten fand ich dabei nur selten, weder auf meine Gedanken noch auf die darauffolgenden Ichweißgenaudassdugeradenichtaufpasst-Fragen. Manchmal kam mir alles wie ein Theaterstück vor. Eine Komödie, über die sich in irgendeinem Hinterzimmer runzlige Greise gewaltig einen ablachten. Diese ganze Schauspielerei. Das ständige Kompetenzausstrahlen. Ja, ich bin ein eigenverantwortlicher, kritisch denkender junger Mensch geworden. Ein Hoch auf das österreichische Bildungssystem. Ich hatte zwar immer noch keine Ahnung von Steuererklärungen, aber immerhin konnte ich so tun als ob. Und eine quellenkritische

Internetrecherche zur Ballade im 18. Jahrhundert durchführen und gleichzeitig alles, was es zum endoplasmatischen Retikulum zu wissen gibt, herunterrattern. Bildungssozialisierung at its best.

Das Beste, was mir die Oberstufe auf meinem Lebensweg mitgegeben hatte, war die Erinnerung an diese eine Philosophie-Stunde in der Ersten. Martin und ich hätten ein Referat über die Unterschiede der erkenntnistheoretischen Ansätze von Aristoteles und Plato halten sollen. Hatten wir auch, um genau zu sein. Diese quellenkritische Internetrecherche bestand aus flüchtigen Besuchen aus Wikipedia am Abend davor, begleitet von einem frischen Bier zu jeder vollen Stunde. Wir verpackten die 'Informationen' unseres Referats in ein Rap-Battle.

Aristoteles vs. Plato.

Es war grandios. Sogar Maria fand es toll. Maria war unsere Philosophielehrerin. Alle nannten sie Maria, obwohl sie eigentlich Frieda hieß, aber weil Titel und Namen ihrer Meinung nach nur konventionelle Projektionen sind, durften wir in der ersten Stunde demokratisch einen Namen bestimmen. Ich wusste nicht, was sie sich dabei gedacht hatte. Vielleicht war es irgendeine pädagogische Wundermethode. Irritation der Klasse. Angriff ist die beste Verteidigung. Sie können dir nichts tun, wenn sie dich für verrückt halten. Oder so. Irgendwie tat sie mir leid. Jedenfalls, die letzten paar dieser Zeilen, die Martin und ich damals gemeinsam geschrieben hatten, sie gingen mir nicht mehr aus den Kopf. Sonst hatte ich den

Text beinahe vollständig vergessen, aber die Schlusszeile würde ich mir am liebsten auf meinen Grabstein schreiben lassen.

Aristoteles reimt: 'Ey, deine Rhymes sind so platt wie deine Schatten an der Wand, was ich sehe, das ist, und bei dir seh' ich nichts, vor allem keinen Verstand! Subjektiv gesehen kann ich dich vielleicht verstehen, aber objektiv - bist du ein Trottel!'
Plato kontert mit: 'Objektiv gesehen ist jeder ein Trottel.'

Danach tat Martin so, als würde er ein Mikrofon auf den Boden fallen lassen. Mit ausgestreckten Armen drehte er sich im Kreis. Gelächter und Applaus. Das war sie. Diese eine, brauchbare Erinnerung meiner Schulkarriere. Und in ein paar Jahren würde auch sie mir vermutlich total peinlich sein.

V: Lydia

Immer wieder fragte ich mich, wieso ich nicht von selbst darauf gekommen war. Seit Stephanie und ich uns verbündet hatten, schien alles so offensichtlich. Erwin und Patrick sprachen nicht mehr miteinander, und der, der still in der Klasse saß und vor sich hin grübelte, war Erwin. Patrick hingegen schien die Zeit seines Lebens zu genießen. Sein Grinsen war noch breiter geworden und aus seinen Zügen sprühte selbstgefällige Zufriedenheit.

Tag für Tag staute sich mehr Wut in mir auf. Wut darüber, dass er der Grund für Faris' Zurückgezogenheit sein musste, Wut darüber, dass er es war, der ihn am Sportplatz niedergeschlagen und es immer noch nicht bereut hatte. Meine Fingernägel krallten sich in das Fleisch meiner Hand, wenn ich ihn so dasitzen sah, wie er seinen Kuli zwischen den Fingern seiner rechten Hand kreisen lies, immer noch diese verdammte Selbstgefälligkeit ins Gesicht geklatscht.

Aber Stephanie und ich, wir würden dafür sorgen, dass er es bereute. Bestimmt. Und dafür sorgen, dass er Selin nicht noch Schlimmeres antat. So wie er Faris zugerichtet hatte, war ihm alles zuzutrauen. Sie selbst schien noch nichts davon bemerkt zu haben. Es war schwer zu sagen, denn Devin war immer in Sichtweite und nicht einmal Patrick war blöd genug, Selin unter seinen Augen Avancen zu machen. Ich spürte jedoch, dass da etwas war. Die kurzen Blicke, die sie sich zuwarfen, wenn sie sich am Gang über den Weg liefen. Die flüchtigen Berührungen. Patricks Augen, die während der Stunden ununterbrochen auf Selins Hinterkopf gerichtet waren.

Faris und ich redeten wieder. Noch wenig, aber ich spürte, dass es ihm leidtat. Und mir tat es auch leid. Dass ich ihn nicht verstehen wollte und ihn nur noch mehr unter Druck gesetzt hatte, anstatt einfach zu akzeptieren, dass er noch Zeit brauchte.

Aber das war in Ordnung. Jetzt wusste ich ja, wie ich ihm helfen konnte. Wie ich dafür sorgen konnte, dass mein bester Freund zur Schule gehen konnte, ohne sich vorher zwei Beruhigungstabletten einschmeißen zu müssen. Er durfte nur nicht zu früh erfahren, wie nah wir der Wahrheit schon waren.

Die Aufführung sollte am Sonntag dieser Woche stattfinden. Es war Dienstag, als Stephanie mich nach Deutsch am Arm zupfte und hinaus auf den Korridor zerrte. Beinahe hätten wir Devin umgerannt. Sie hüpfte vor Aufregung.

„Ich weiß, wo sie sich das nächste Mal treffen", zischte sie.

„Wa-"

„Samstagabend. Im Lausberger-Park."

„Wie-"

„Reiner Zufall. Sie war vor der Stunde am Mädchenklo, mit diesem Zettel in der Hand. Ich bin mir ziemlich sicher, dass es Patricks Handschrift ist."

Ich starrte auf den zerknitterten Papierfetzen. Über die rotkarierten Linien zog sich ein hastiges Gekrakel. Tatsächlich. *20:00,*

Lausberger-Park, Samstag stand da geschrieben. Daneben ein krakeliges Herz.

„Sie hat ein Foto davon gemacht und ihn dann in den Papiermüll geworfen", sagte Stephanie.

Ich war sprachlos. Zufall oder nicht, Stephanie hatte wirklich das Zeug zur Detektivin.

„Wahnsinn! Jetzt kriegen wir ihn!", jubelte ich, aber sie schlug mir gegen die Schulter.

„Ja, Miss Unauffällig. So kriegen wir ihn ganz bestimmt."

Aber auch in ihren Worten tanzte Triumph. Wir hatten ihn. Doch mit einem Mal wurde mir kalt ums Herz. Um ehrlich zu sein, ich hatte Angst.

„Was ist?", fragte Stephanie.

„Samstagabend", murmelte ich. „Sonntag ist die erste Aufführung. Was, wenn er dafür sorgen will, dass das Theaterstück gar nicht zustande kommen kann?"

Unruhe machte sich in ihren Zügen breit. Blut pochte in meinen Ohren. Darunter hörte ich Patricks Worte, als ob es gerade erst gestern gewesen wäre.

Aber wir wissen ja noch gar nicht, ob wir da mitmachen wollen.

Die Glocke schrillte. Wortlos kehrten wir in die Klasse zurück, vorbei an Devin, der immer noch auf der Türschwelle stand. Ich zitterte. Links neben mir zog Faris' Kugelschreiber wieder seine Kreise.

Wir mussten Erwin Bescheid sagen. Er kannte Patrick. Er wusste vielleicht, was zu tun war.

VI: Martin

Ich saß auf Aarons Couch im Wohnzimmer, während er prüfend am Eingang zum Treppenhaus horchte, ob seine Eltern schon schliefen. Nach einem zufriedenen Nicken deutete er mit dem Daumen nach oben und verschwand im Keller. Wenige Minuten später kam er mit zwei Bierflaschen zurück. Eigentlich wären wir ja schon seit Ewigkeiten alt genug, aber Aarons Eltern waren in dieser Hinsicht etwas übervorsichtig. Sie tranken zwar selbst ab und zu eine Flasche, aber so selten, dass ihnen sicher nicht auffiel, wenn zwei oder drei Bierflaschen über Nacht leer wurden. Sagte er zumindest, ob es stimmt, darüber durfte man zweifeln. Wir setzten die Kopfhörer auf und nach einem kurzen Griff zur Fernbedienung lief der Schriftzug von *Deathzone* über den Bildschirm.

„In einer Woche ist es soweit", murmelte ich, während wir uns eine Spielumgebung aussuchten.

„Ach wirklich?", fragte Aaron sarkastisch. „Da denke ich kaum dran, ist ja nicht so, als hätte mich der Wahnsinnige, der sich mein bester Freund nennt, in die Titelrolle gezwängt. Stell dir nur vor, was für ein-"

„Schon gut, schon gut. Aber du kannst nicht leugnen, dass es seit – Nein, nicht die Karte, nimm die nächste... ja genau! - dass es, seit ich mit Devin gesprochen habe, besser geworden ist."

„Allerdings, du wilder Wortfuchtler. Nein im Ernst, Danke dafür. Ich habe jetzt wirklich nicht mehr das Gefühl, als wäre ich nach jeder

Szene knapp einem Todesurteil entgangen. Aber da gibts noch Lampenfieber. Die Scheinwerfer kannst du leider nicht vollquatschen, bis sie aufhören, mich nervös zu machen."

„Stimmt allerdings. Aber mir ist zu Ohren gekommen, dass dein Keller nach der Aufführung um fünf Kisten Bier voller sein wird."

„Okay, vergiss das Lampenfieber. Absolut kein Problem."

Der Ladevorgang verschwand, und der Bildschirm teilte sich. Ich hatte die untere Hälfte, er die obere. Fadenkreuze schwirrten über die verbrannte Dschungellandschaft eines unbewohnten Planeten. Nach einigen Sekunden konnte ich es mir nicht mehr verkneifen.

„Sag, weißt du, ob da was zwischen Selin und Patrick läuft?"

Aaron drückte auf Pause, schnappte die Fernbedienung und hämmerte mir bei jedem Wort einmal gegen die Stirn.

„SCHLAG – SIE – DIR – AUS – DEM – KOPF!"

Ich riss meine Hände in die Höhe

„Entspann dich! Sie ist nicht mehr in meinem Kopf, aber ich kann mir nicht helfen. Solche Dinge fallen mir eben auf, ob ich will oder nicht."

Aaron schüttelte den Kopf und setzte das Spiel fort. „Keine Ahnung", sagte er nach einer Weile.

„Aber während der letzten paar Proben fiel mir nicht mehr Devins starrender Todesblick auf, sondern Patricks Lächeln aus der letzten Reihe. Aber ein richtiges, nicht den arroganten Grinser, den er sonst immer draufhat."

„Ich weiß nicht... nach der Sache mit Faris? Ich meine, es ist klar, dass er und Erwin dahinterstecken, oder? Irgendwie passt das so gar nicht in das Bild, das ich von Patrick habe. Wahrscheinlich wartet Erwin nur auf sein Kommando, und dann – Zack!"

„Zack?"

„Na, Zack halt. Ich weiß nicht. Etwas Schlimmes eben, tut mir leid, dass ich nicht das angeborene Vokabular eines rassistischen Wichsers in mir trage."

„Erwin und Patrick machen fast gar nichts mehr gemeinsam, schon seit ein paar Wochen. Ist dir das nicht aufgefallen? Die nicken sich am Morgen höchstens mal kurz zu."

Meine Gedanken schweiften ab. Ein Heldenepos meiner Fantasie erblühte zwischen den verpixelten Tropenpflanzen auf dem Bildschirm, Selin in Gefahr, gefangen in Patricks Klauen, und ich, der heldenhafte Retter. Lass sie in Ruhe! würde ich brüllen, bevor ich auf ihn zustürmte, hinter mir der Schein der aufgehenden Sonne.

Lass sie in Ruhe!

„Sonst?" fragte Aaron neben mir. Ich realisierte gerade noch, wie meine Spielfigur vor seinem Fadenkreuz auftauchte, bevor meine Bildschirmhälfte die Farbe von Blut annahm. 1 zu 0 für ihn.

„Nichts, vergiss es. Ich will nur nicht, dass einer der beiden ihr etwas antut."

„Und was willst du machen, ihn totdichten? Nein im Ernst, ich glaube, nicht mal Erwin wäre so dumm. Abgesehen von Devin kann Selin auch gut auf sich selbst aufpassen, wenn man sie nur lässt. Sie hat schon ihren eigenen Kopf. Vielleicht verstehen sich sie und Patrick einfach auf irgendeiner Ebene."

„Möglich", sagte ich und versuchte, mir von der Vorstellung tiefergehender Verstehensprozesse zwischen Selin und Patrick nicht allzu viel anhaben zu lassen. Immerhin hatte ich beschlossen, mich nicht mehr für sie zu interessieren. Mir könnten noch so viele wunderschöne Adjektive zu ihren Lippen einfallen, ich könnte einen Regenbogen auf ein Blatt Papier scheißen, und trotzdem wäre es nicht mehr als leere, einseitige Bewunderung. Wir kannten uns nicht einmal besonders gut. Vielleicht würde sie mir total auf die Nerven gehen, sobald ich sie etwas besser kannte, und nicht nur das Bild, das ich bei ihrem Namen vor mir sah, mit ihr verbinde, ein Bild, das eigentlich kein Fundament besaß, sondern nur eine Ausgeburt meiner Sehnsüchte darstellte. Und doch, einmal der Grund ihres Lächelns zu sein – ich würde die Augen schließen und glücklich sterben.

VII: Aaron

Ich saß am Balkon. Vor mir lag die Nordkette. Darüber ein ausnahmsweise mal fast wolkenfreier Winterhimmel. Die Sonnenstrahlen, warm auf meiner Haut, vertrieben den eisigen Wind. Ich tat das nicht oft, aber manchmal, da gab es diese Tage. Diese Tage, an denen man sich einfach mal ausklinken möchte. Ein paar Stunden Auszeit vom Alltag nehmen. Mal keine Sorgen wegen Noten, mal keine Weltverbesserungsgedanken, mal kein Waswärewenn und Wenndochnuralle. Nur ein paar Wolken und Nordkettengebirge, und daneben Kaffeegeruch aus einer dampfenden Tasse.

Hilft auch wunderbar gegen Lampenfieber, bin ich draufgekommen.

Nur Gedankenmalereien, und Atemzüge voller Ruhe. Um ehrlich zu sein, ich hatte keinen Plan, was ich mit meinem Leben anfangen sollte. Ich war halt da. Traumjob hatte ich keinen, festlegen wollte ich mich nicht, eventuelle Perspektiven hätte ich an einer Hand abzählen könnten. Irgendwas mit Menschen. Oder Medien. Oder halt studieren. Martin würde einmal Autor werden. Selin wahrscheinlich Schauspielerin oder Sängerin. Vielleicht gründet sie ja eine Band. Oder macht eine Weltreise. Lydia wird Entwicklungshelferin. Erwin vielleicht Türsteher. Patrick will Mechatronik studieren, meinte er einmal.

Ich mach mal Matura. Vielleicht auch einen Tanzkurs. Irgendwann dann Karriere. Oder nicht.

Ich nahm einen Schluck Kaffee. Er war schon ganz kalt.

Warum Karriere? Allein vom Gedanken wurde mir wieder schlecht. Alle wollten Karriere machen. Fifty-Fifty, die Chancen. Ob man sich nun auf den unteren Sprossen abrackern musste, oder gleich durchstartete und nach ein paar Jahren oben den süßen Duft des Wohlstands aufsaugte, bevor man es sich mit Burnout in einem Bett im REHA-Zentrum gemütlich machen durfte.

Da war er wieder, der Wunsch nach Ausklinken. Einfach weg. In irgendeinen gottverdammten, verlassenen Wald. Dort eine Lehmhütte bauen. Dazu ein kleiner Gemüsegarten. Einmal pro Woche einen Hasen erlegen. Das wär's.

Ich könnte jetzt einfach abhauen. Die Aufführung würde schon irgendwie klappen. Macht halt Martin den Tom. Ich lächelte und beobachtete, wie vor mir der Atem in der Luft kondensierte. Mir wurde kalt. Eine Wolke hatte sich vor die Sonne geschoben und die Welt sah wieder ein Stück grauer aus. Die Vorstellung, dass das Universum einen Puls haben musste, kam mir wieder in den Sinn. Ob das Universum Angst vor uns hatte?

Vor kurzem hatten wir uns in Geographie den Film *Home* angeschaut. Eineinhalb Stunden voller Luftbildaufnahmen von 200.000 Jahren Menschheitsgeschichte. Die Stunde danach startete Schweitzer eine Diskussionsrunde darüber. Die eine Hälfte der Klasse sollte Argumente entwickeln, die legitimieren, was wir mit der Erde anstellen. Dass es Teil des Menschseins sei, die Umwelt nach eigenen

Vorstellungen zu gestalten, dass Wohlstandssteigerung und technologischer Fortschritt nicht aufgehalten werden sollten. Der andere Teil war eher auf der Hippie-Schiene unterwegs. Gegen Überfischung, Kapitalismus und so weiter. Ich wusste nicht mehr, in welche Gruppe ich eingeteilt worden war. In geschlagenen fünfzig Minuten öffnete ich nicht einmal den Mund. Ich hatte Angst, mich zu positionieren. Es war leichter, einfach gegen alles zu sein.

Das Lied wechselte. Ich blickte durch die Balkontüre zurück auf meinen Laptop. *The Show Must Go On.*

Diese eine Frage, sie ging mir nicht mehr aus dem Kopf. Ich wollte mich schon wieder ausklinken, aber sie tauchte immer wieder auf. Die Frage nach der Zukunft.

Scheißweltverbesserungswünsche.

Scheißkarrierevisionen.

Scheiß in Plastikfolie verpackte Tiefkühlpizzas.

Ich wippte mit dem Knie zur Musik auf und ab. Morgen hatten wir Generalprobe. Übermorgen fand dann die Aufführung statt. Ich verscheuchte den Gedanken daran und schloss die Augen. Mein Text fiel mir nicht mehr ein.

Die Wolke zog wieder von der Sonne weiter nach Westen, aber die Berge vor mir sahen immer noch aus wie Gespenster.

VIII: Lydia

Und dann kam Samstagabend. Um viertel nach sieben klingelten wir an Erwins Haustür. Wir hatten versucht, ihn irgendwann nach der Schule oder in den Pausen abzufangen, aber er schien uns aus dem Weg zu gehen, beinahe zu flüchten. Vermutlich ahnte er, dass wir von der Geschichte zwischen ihm, Patrick und Faris wussten. Aber wir wollten keine Riesendebatte im Klassenzimmer starten, deshalb gaben Stephanie und ich irgendwann auf und beschlossen, ihm noch eine Chance zu geben, Patricks Vorhaben zu verhindern. An einem Ort, wo weder Faris, Patrick noch Herr Schneider mithören konnten.

Ich drückte nochmal auf den kleinen weißen Knopf neben dem Namensschild, diesmal etwas länger. Das Schrillen drang gedämpft durch die Haustür, deren Lack schon an vielen Stellen abblätterte. Wenige Sekunden später öffnete eine zierlich wirkende, etwas ältere Frau in Wollpullover. Verwirrt sah sie uns entgegen.

„Schönen Abend, Frau Walcher", sagte ich. „Ähm... ist Erwin zuhause?"

Aus den Augenwinkeln konnte ich Stephanies spöttisch zuckende Mundwinkel erkennen.

„Wir sind Freunde von ihm. Aus seiner Klasse", fügte ich hinzu.

„Es ist wegen dem Theaterstück. Wir müssten noch eine Szene mit ihm besprechen, unser Lehrer hat da was abgeändert", erklärte Stephanie mit einer Selbstsicherheit, für die ich sie nur bewundern konnte. Ich hatte zwar kein Problem damit, das Richtige zu tun, aber dafür zu lügen, war eine andere Sache. Das konnte ich nicht.

„Ah, hat er gar nicht erwähnt", sagte Erwins Mutter schließlich. Ihre Stimme war zittrig und still, fast nicht zu hören. Sie warf einige Blicke in den Hausgang hinab und meinte schließlich:

„Ja, wartet kurz. Ich hole ihn."

Die Tür schloss sich wieder. Stephanie und ich blickten uns unsicher an.

„Meinst du, er kommt?", fragte ich.

„Bestimmt. Er hat gar keine andere Wahl."

Ich hoffte, dass sie Recht behielt. Was, wenn er Probleme machte? Was, wenn Selin und Patrick sich ein wenig früher trafen? Was, wenn wir zu spät im Park ankamen?

„Wie kannst du in der Situation so einen kühlen Kopf behalten?", murmelte ich.

Sie sah mich an, öffnete den Mund und hielt plötzlich inne. Lärm drang aus dem Hausgang. Eine Flut von Schimpfwörtern und Schreie hallten durch den Türspalt, von dem das Licht im Treppenhaus auf die Fußmatte fiel. Ich riss die Tür auf. Vor mir, auf dem Gang, stand Erwin. Hinter ihm ein Mann in Unterhemd. Er war es, der schrie.

„Ja! Geh nur, geh nur mit deinen Missgeburten zu diesem Kasperltheater, du Scheißstück! Viel Spaß dabei! Ehrlich! Aber glaub nicht, dass du zurückkommen brauchst!"

Erwin drehte sich um und sah uns. Für einen Moment schien er unschlüssig, wen er zuerst anschreien sollte. An seinen Schläfen zeichneten sich Adern ab, dick und pulsierend. Dann wandte er sich wieder seinem Vater zu.

Dann sagte er, ganz ruhig: „Mama, lauf nach oben und sperr die Tür zu."

Die Frau ging wortlos die Treppe nach oben, rückwärts, ohne die die beiden aus den Augen zu lassen. Wenig später war nur mehr leises Schluchzen zu hören.

„Weißt du was?", fragte Erwin in die Stille hinein. Er sprach nun zu seinem Vater. „Weißt du was, du Wichser? Ich gehe. Und danach, am Heimweg, ruf ich die Bullen an. Du hast eine halbe Stunde, um hier zu verschwinden."

Ohne ein weiteres Wort bedeutete Erwin uns, mit ihm nach außen zu gehen. Die Haustür sperrte er von außen ab. Das Geschrei ertönte immer noch, aber Erwins Vater konnte nur mehr die Wände anschreien.

„Das hätte ich schon viel früher machen sollen", murmelte Erwin. Er atmete tief ein und zündete sich eine Zigarette an. Stephanie und ich starrten ihn immer noch an, fassungslos.

„Ich vermute", sagte er, die Zigarette noch zwischen den Lippen, „ihr wollt mir mir über Faris sprechen. Um es kurz zu machen: Ich war dabei. Patrick auch. Wir haben in verprügelt. Es-"

Ich spürte, wie das Gefühl wieder in meinen Körper zurückkehrte.

„Darüber können wir später reden", unterbrach ich ihn. „Wir müssen jetzt los. Patrick und Selin treffen sich heute im Park. Weißt du zufällig, was er vorhat? Ob er ihr etwas antun will?"

Die Zigarette landete auf dem Boden. Die seltsame Ruhe, die Erwin noch gerade eben ausgestrahlt hatte, war verloschen.

„Ich hab' seit Wochen nicht mehr mit ihm geredet. Ich weiß es nicht. Aber wenn das stimmt, was ihr sagt – wir müssen sofort dorthin. Wie viel Zeit haben wir noch?"

„Zwanzig Minuten", sagte Stephanie. „Wir erklären dir alles am Weg."

Die Straßenlampen tauchten die hohen Nadelbäume des Lausberger-Parks in ein oranges, warmes Licht. Schneeflocken schwebten vom Himmel und landeten sanft auf dem Boden. Der Stadtteil war still, abgesehen von unseren hastigen Schritten und dem Rauschen in unseren Ohren. Fünf vor acht. Ich lauschte, aber außer dem Schnee, der unter unseren Füßen knarzte, war nichts zu hören.

Wir bogen auf den matschigen Kiesweg ein, der an zwei altertümlichen, eisernen Laternen in den Park führte. Unsere Blicke fuhren durch kahl gewordene Büsche, über weiß behütete Bänke und hinaus in die Dunkelheit. Rauchwölkchen stiegen von unseren Mündern in die Nacht.

Eine Viertelstunde später stupste Erwin gegen meine Schulter. Wir standen in der Mitte des Parks. Rundes Pflaster bildete einen Kreis, vier Kieswege führten davon weg.

„Dort", wisperte er.

Er deutete auf eine beleuchtete Parkbank, etwa fünfzig Meter entfernt. Im Schein der Laternen zeichneten sich zwei Silhouetten ab. Ohne ein weiteres Wort schlugen wir die Richtung ein, in die Erwins Zeigefinger deutete.

„Leise", flüsterte Stephanie. „Lasst uns zuerst rausfinden, ob es wirklich sie sind."

Erwin deutete auf einen breiten Baumstamm hinter der Bank. Stumm huschten wir hinüber. Das Knarzen unserer Schritte kam mir vor wie Bombenhagel, obwohl wir so langsam wie möglich gingen. Mein Herz veranstalte einen Trommelwirbel in meiner Brust. Zu dritt drückten wir uns gegen die Rinde, bemüht, keinen unnötigen Lärm zu verursachen. Wir ließen uns nieder. Der Wind trug ihre Stimmen zu uns.

„Bist du schon nervös wegen morgen?"

„Ein bisschen. Aber eher die Vorfreude."

Sie waren es. Patrick und Selin. Noch war nichts passiert. Erwin richtete sich auf, aber Stephanie bedeutete ihm, noch hier zu bleiben.

„Ist klar. Aber du packst das schon. Kann ich irgendetwas tun, um dir die Nervosität zu nehmen?"

„Willst du dich danach treffen?"

„Total gern. Wir könnten auf den Hügel gehen."

„Ja! Und vorher kaufen wir uns Bier aus der Tankstelle! Ich nehme meine Gitarre mit. Das wird die eigentliche Aufführung des Abends."

Die beiden lachten in die Nacht hinein. Ich konnte die Verwirrung in Erwins und Stephanies Gesichtern verstehen. Das klang überhaupt nicht nach dem Patrick, den wir kannten. Seine Stimme schon, aber die Worte...

„Danke übrigens, Selin. Echt. Danke, fürs Zuhören, und fürs Reden. Ich weiß nicht, wie-"

„Hey. Kein Problem. Lass mich nur eines klarstellen. Auch wenn ich dich nicht verurteile – ich finde, ihr solltet mit Faris reden. Ihm sagen, dass es euch leidtut. Eine Entschuldigung anbieten. Irgendetwas. Es war einfach eine absolut miese Aktion."

„Mach ich. Versprochen. Gleich morgen. Und vorher ruf ich Erwin an."

Stille.

„Wie geht's mit Devin?"

„Er weiß nicht, wo ich bin."

Stille.

Noch mehr Stille.

Dann, Worte.

„Deine Hand ist kalt."

„Jetzt nicht mehr."

„Na, seid ihr brav am Proben?"

Er war auf einmal da. Eingehüllt in einen dicken Wintermantel. Sabbernd. Spuckend. Lallend. Ich rappelte mich auf und wich zurück, weg von ihm, auf die Straße. Patrick und Selin hatten sich voneinander gelöst. Erwins Vater roch nach Bier, Schweiß und Kotze. Seine Barthaare standen wild in alle Richtungen ab, und hinter seinen Brillengläsern flitzen Pupillen irre hin und her. Er rieb sich die Hände.

„So, so. Die Abschlussszene. Das große Finale! Wie schön."

„Verschwinde. Jetzt."

Erwin war hinter dem Baumstamm hervorgetreten. Seine Finger umklammerten ein Handy, die Zahlen 133 leuchteten am Display. Der Daumen ruhte auf dem grünen Symbol.

Walcher regte sich nicht. Er wandte sich um, dann wieder nach vorne, bemüht, das Gleichgewicht zu halten.

„Ich rufe an. Sie werden gleich hier sein."

„ICH BRING DICH UM!"

Der Vater stürmte auf seinen Sohn zu, wankend, aber die Fäuste geballt. Erwins Körper spannte sich an.

„Nein! Bitte beruhigen Sie sich!"

Selin stellte sich zwischen die beiden und presste ihre Fäuste gegen seine massigen Schultern. Für einen Augenblick standen sie einfach so da. Und dann holte er aus.

Ein Hieb.

Ein hässliches Knacken.

Selin sank seitlich zu Boden, den Kopf seltsam abgewinkelt, das Gesicht im Schnee. Ein Zucken fuhr durch ihren Körper.

Und dann nichts mehr.

Erwins Vater verschwand im Wald. Stephanie neben mir schrie. Patrick kauerte über Selin. An seinem Arm war ein braunes Armband zu erkennen. Weiße Buchstaben darauf. Er weinte.

Ich bemerkte, dass auch ich schrie. Schritte wurden lauter.

Devin? Er stand da, auf dem Weg. Die Arbeitsuniform vom Schnee verstaubt.

Nein, dachte ich.

Zitternde Unterlippe. Geballte Fäuste.

Nein, murmelte ich.

Patrick am Boden, Devin über ihm. Faustschläge ins Gesicht, immer wieder. Blut im Schnee. Zähne. Blaue Flecken. Schreie. Tritte in die Rippen. Schuhsohlen im Nasenbein.

Nein, schrie ich.

Reglose Körper. Und dann, Stille.

Nur noch diese leise Stimme aus dem Handy.

Ist da jemand? Hallo?

Wir schicken einen Einsatzwagen.

Verhalten Sie sich ruhig.

IX: Martin

Bild um Bild zog an mir vorbei, hervor gegraben aus Erinnerungen, die nicht verstummen wollen. Die schwarze Fahne aus dem Fenster des Direktorats des Haider-Gymnasiums. Die Trauerfeier darunter in dessen Schatten, dazwischen Kerzenschein unter einem Himmel, der unbeirrt Schneeflocke um Schneeflocke auf die Straßen fallen ließ. Wind wehte keiner. Schwarz gekleidete Jungen und Mädchen, Hand in Hand mit ihren Kleidern und Anzügen tragenden Eltern. Das Schweigen, das sich schlangengleich durch die Straßen und Gassen zog und am Hügel, unter dem sich die ganze Stadt in ihrem grauen Kleid ausbreitete, zu dunklen Trauben zusammenfloss, die unter Schluchzen und vorgehaltenen Händen den zwei Särgen zusahen, während sie in der Erde verschwanden. Die Inschrift am Grab leuchtete dazwischen hervor, Gold auf mattgrauem Stein. Ich sah Devin, der mit bebenden Lippen von zwei Polizisten flankiert wurde und die Tränen, die von seinen Augen tropften und zwischen Dreck und Schnee dunkle, dampfende Kreise bildeten und dahinter seinen Vater und dessen Augen, in denen nie wieder diese Unbeschwertheit tanzen würde. Patricks Vater stand einige hundert Meter entfernt, ein schwarzer Anzug war seiner Uniform gewichen und die Realität der Erinnerung an einen Filmabend mit seinem Sohn, so viele Jahre entfernt und doch das Nächste, woran er sein Leben klammern konnte.

Das Bild verschwand und ich sah Kamerablitze und Polizeisirenen um die Wette leuchten, umgeben von schwärzester Nacht, daneben stammelnde Schüler, deren Worte auf den Seiten der Zeitungen zu ganzen Sätzen verstümmelt wurden und neben einem Bild von Selin und Patrick die Sprachlosigkeit in Worte fassten. Worte, die die Köpfe derer umkrempelten, die sie lasen, Finger, die Beileidsbotschaften auf Papier in überquellende Briefkästen schickten und abgetippte Zitate aus Sterbebüchern auf die Facebook-Seiten der beiden landen ließen, getrieben von dem verzweifelten Wunsch, den Kummer versiegen zu lassen und Glück und Freude wieder zum Einkehren zu bewegen.

Das Bild verschwand und ich sah Erwins Vater, der alleine in seiner Zelle saß und sich nach einem Bier sehnte, doch die Wärter blieben hart, das Bier blieb aus und durch die Gitterstäbe schwamm nur die Vorstellung an den Israeliten, der an seinem alten Arbeitsplatz saß und Baupläne in die verschiedenen Abteilungen der Fabrik entsandte, während Erwins Mutter nun Alleinversorgerin eines Schlägers ohne Arbeit und eines Sohnes mit Aggressionsproblemen geworden war.

Das Bild verschwand und ich sah aus dem Fenster meines Zimmers, wie die Welt dahinter sich weiterdrehte, Straßenlampen die frühe Dunkelheit zerschnitten und Weihnachtsdekoration aufgehängt wurde, Chorgesang durch Kirchenschiffe hallte und Kinder mit Wachsmalkreide ihre Wunschzettel bekritzelten.

Schneeballschlachten wüteten in den Vorgärten der Städte, in denen kein Krieg herrschte, während in den Wohnzimmern Maschinengewehrrattern und Bombenhagel von fernen Ländern ungehört aus dem Radio tönte und Kinder in Schlepperbooten unter den Schreien ihrer Mütter zerquetscht wurden, während die Hände ihrer Väter vor einem positiven Asylbescheid in irgendeinem friedlichen Land vergeblich darauf warteten, die beiden in die Arme zu schließen.

Das Bild verschwand und ich sah die Leere. Meinen Kugelschreiber, der zitternde Linien über die erste Seite des neuen College-Blocks zog, um mit meinen Gedanken die Leere zu verscheuchen, den Kummer herauszuschreiben im Versuch des Begreifens der Wahrheit. Doch die Leere verschwand nicht. Ich hoffte, sie würde verschwinden, sobald ich meine Gedanken zu Papier gebracht hatte, aber sie blieb, nagte und zerrte an meinen Eingeweiden, ausgehend von dem Ort, der einst jeden meiner Wünsche und Träume, jede meiner Sorgen und verdrängten Erinnerungen in sich vereinte, bevor er gnadenlos verzehrender Schwärze wich. Ich spürte ein kurzes Aufflackern, eine um sich züngelnde Flamme in dem Moment, in dem ich nach minutenlangem Wanken durch verlassene Schulgänge den Brief in Schneiders Kästchen eingeworfen hatte, die nun aber nur mehr dem Schatten der Wahrheit ein zartes Glühen beibrachte. Ich wandte mich um und sah das Klassenfoto der 7D an der Pinnwand hängen, geziert mit dem

Lächeln der Menschen, die mit mir das Morgen gestalten sollten. Die Worte meines Briefes wanderten vor meinen Augen vorüber, verdrängten die Gesichter und vergingen ins Nichts, aber die Stimme wiederholte Satz um Satz in Endlosschleife, das letzte sich noch drehende Karussell in einem verwahrlosten Vergnügungspark. Ob Selin, wo auch immer sie nun war, meinen Brief lesen konnte? Vielleicht schon. Vielleicht lächelte sie gerade darüber.

Das wäre schön.

Der Richter dankt den letzten Zeugen, die nach dem ersten, separaten Verhör noch einmal aufgerufen wurden. Lydia und Stephanie wanken zitternd auf ihre Plätze zurück. Der Beamte, Herr Fidel, Patricks Vater, ist während der Schilderung des Tathergangs aus dem Saal gebracht worden. Dass er zur Verhandlung des Mordes an seinem Sohn überhaupt in Uniform erschienen ist, bringt mich erst jetzt in Verwunderung. Vermutlich unangemeldet, ungeprüft. Im Tumult untergegangen. Doch im Grunde ist es mir egal. Die ganze Verhandlung ist mir egal, zumindest seit kurzem. Seitdem mir klar ist, wie sie ausgehen wird. Schade um Erbsheims Mühe. Mein sogenannter Anwalt trommelt mit den Fingern auf das Papier. Wir sind fast am Ende seiner Mappe angelangt. Dort steht, notizenhaft festgehalten, die Argumentation, die Devin und Erwins Vater hinter Gitter bringen sollte. Ich würde eine andere Klasse übernehmen müssen, aber zumindest meinen Job behalten können, hat Erbsheim mir versprochen. Und beinahe hätte er mich dazu gebracht, diese Farce durchgehen zu lassen. Der Richter fordert Erbsheim zu seinem abschließenden Resümee auf, doch ich komme ihm zuvor. Meine Stimme rasselt durch den Saal. Sie kommt mir fremd vor.

„Euer Ehren... ich bitte noch um zwei Minuten."

Der Richter gewährt mir die zwei Minuten. Erbsheim rutscht nervös auf seinem Stuhl umher.

„Was machen Sie?", zischte er. „Sie tragen keine Verantwortung! Niemand kann Ihnen die Schuld dafür geben, was passiert ist!"

„Ich kann es", murmelte ich und erhob mich.

„Ich habe heute Morgen einen Brief in meinem Kästchen entdeckt. Und ich möchte schon im Vorhinein klarstellen, dass ich mir meines Versagens bewusst bin. Ich übernehme die Verantwortung, gleich, wie ihr Urteil ausfallen wird. Ich werde augenblicklich kündigen. Denn ich habe versagt, das zu sehen, was der Verfasser des Briefes, einer meiner Schüler, gesehen hat. Somit kann ich es nicht verantworten, dass die Erziehung junger Menschen und ihr Zurechtkommen in dieser konfusen Welt weiter in meinen Händen liegt. Mein Traum war immer, ihnen genau das zu ermöglichen. Doch der Fehltritt eines jungen Menschen gründet sich immer im Versagen eines Älteren. Und ich fürchte, ich kann nicht leugnen, dass ich heute, in diesem Saal, genau dieser Ältere bin."

Blicke wandern durch den Saal. Ich räuspere mich und beginne zu lesen. Wort für Wort vergeht der Gerichtsaal in Rauch, und es bleibt nur, was wirklich wichtig ist.

Lieber Herr Schneider,

ich wünschte, ich könnte ihnen all das persönlich sagen; vielleicht wäre es überzeugender, wahrer – aber die größere Wahrheit ist, ich habe Angst. Angst davor, meine Worte zu verlieren und zur Sprachlosigkeit verdammt zu sein, sobald ich den Mund öffne. Die Wahrheit ist, ihre Idee war nicht perfekt. Sie haben nichts falsch gemacht, aber unsere Welten haben sich weitergedreht, während die Idee stehen geblieben ist. Grenzzaun um Grenzzaun stieg zwischen uns empor, auf der einen Seite wir, auf der anderen die Anderen, und durch das Gitternetz verschwimmt die Menschlichkeit vor den Augen beider Seiten, weil hinter ihnen nur mehr Angst herrschen kann. Patrick zog den Zaun um sich und seinen Vater, und Faris befand sich auf der falschen Seite dieses Zauns.

Zaun um Zaun entfernte sich Patrick weiter von uns – Lydia zog ihn hoch, dann Stephanie, andere kamen hinzu, bis er kaum mehr zu sehen war. Der einzige Blick, der durch die Maschen auf ihn fiel, war der durch Selins Augen.

Ich weiß, sie haben für das Folgende keine Beweise, nur mein Wort und die verzweifelte Bitte, ihm Glauben zu schenken.

Die größte Wahrheit ist: die Zäune gibt es nicht. Sie wurden erfunden, und wir glauben daran, weil sie uns täglich von Schlagzeilen auf die Augen gedrückt werden. Wir sehen Zäune zwischen österreichischen und jugoslawischen Kriminellen, zwischen einem amerikanischen Manager und dem Studenten in Indien, zwischen dem, hinter dem die Bomben fallen und dem, der den Fliehenden zurückweist, zwischen den Bewohnern einer Villa und dem frierenden Mädchen in der Gasse, zwischen dunkler und heller Hautfarbe, zwischen einem österreichischen Reisepass und einer fremden Staatsbürgerschaft. Doch Selin hat hinter diesen Zäunen, hinter Patricks Zäunen, noch etwas Anderes gesehen. Einen Funken Menschlichkeit, den Patricks Blick aussandte und dadurch in Selin fand, was er gesucht hatte. Hoffnung und Verständnis, keine voreiligen Verurteilungen – trotz allem. Und im Feuer dieses Funkens brannten die Zäune nieder zu schwarzen Skeletten, die im Wind nur sachte klapperten, während um sie herum der Sturm tobte. Ungarn schloss seine Grenzen, Italien machte dicht, Menschen wurden aus Zügen gerissen und als Illegale zu Boden getreten, bis Stacheldraht und Wehrtürme die Grenzen der EU flankierten. Hinter der Europäischen Mauer wurden Raketen gezündet und damit Schlepperboote zerstört, Bombenteppiche wanderten übers Mittelmeer nach Syrien, nach Nordafrika, in jede der unzähligen Geburtsstätten des Elends, ein Triebwerk, dessen Kolben unter gehetzter Angst nach unten und nach oben stießen, dabei die Menschlichkeit zerquetschten, um den Wohlstand zu retten.

Doch Selin und Patrick kümmerten sich nicht darum, sie hörten das Schlagen ihrer Herzen und das Blut, dass durch die Venen des Anderen floss, der nun plötzlich kein Fremder mehr war, sondern ein Mensch, eine vertraut erscheinende Facette im Farbenspiel des Kaleidoskops, das wir seit so kurzer Zeit auf diesen Planeten werfen und heute nur mehr als schwarzweiße Schemen hinter unseren Zäunen wahrnehmen. Selin und Patrick erkannten sich und übertönten das Dröhnen der Herkulesmotoren und die brüllenden Wahlplakate mit jedem Schlag ihrer Lider, bis alles andere ganz verstummte. Weil den Zaun zwischen ihnen, den gab es nicht mehr, und die Angst dahinter, die gab es auch nicht mehr.

Und dann kamen Blindgänger, deren vor lauter Maschen vor den Augen alles Licht der Welt entfloh und rissen eine Kluft zwischen sie und uns, denn sie sind nun tot, und wir leben noch. Ich lebe noch, und doch ist es ein leeres Leben. Denn ich habe Angst, dass es nie wieder eine Selin und einen Patrick geben wird. Ich habe Angst, die verhindert, dass ich Zäune niederschneide, Angst, die die Anderen entfremdet und mich allein lässt. Angst davor, die Menschlichkeit nicht mehr sehen zu können. Selin und Patrick haben uns gezeigt, dass sie immer gefunden werden kann, zwischen dem, was jeden von uns vereint, dieses unsichtbare Band durch alle Herzen des Planeten, eine Verbindung, die sich nicht um Landesgrenzen und Arbeitsplätze schert, sondern in jedem glüht, aber viel zu oft in der Angst zu ertrinken droht. Sie haben uns anfangs nach einem Titel für das Theaterstück gefragt. Und hätten wir diesen Titel schon von vor drei Monaten auf die Tafel schreiben können, so hätte es keine Aufführung geben müssen, um einen Blick hinter die Zäune zu werfen. Ein Theaterstück zerstört die Zäune nicht, es macht nur auf sie aufmerksam, auch wenn es die Schönheit auf beiden Seiten der Grenze preist, wird die Grenze selbst nur verstärkt. Weil das Fundament der Zäune lässt sich nicht durch Schönheit lockern. Die Spitzen ihrer Stahlrohre graben sich nicht in gewöhnliche Erde, die durch Tränen aufgeweicht werden könnte. Sie stecken fest in diesem Nährboden, der Tag für Tag fester wird, bis selbst Presslufthammer daran zersprengen und die Welt unter unseren Füßen von Beton umschlossen wird, ein Doppelsarg für die Liebe und die Menschlichkeit. Ohne sie fühlen wir nur noch Leere. Und Hass. Und irgendwann Heimatgeilheit, und dann die Schulterpolster der Uniform, getragen von Staatsbürgerschaftsfetischen und dem Patriotenfeuer in den Herzen, das sich nur einen Tick besser anfühlt als die Leere darunter.

Doch unter der Leere, da liegt noch etwas. Es liegt dort und hält jeden Schrei, der hinter den Nägeln im Sargdeckel ertönt, von unseren Ohren ab. Sie wollten einen Titel, und ich hoffe, mit diesem Vorschlag die Nägel lockern zu können: „Unter allem liegt die Angst".